史上最強大好學初級日語

陳怡如 著

佐藤健、林祥如 審訂

作 者 序

日本留學的第一年，在日語學校的時期，曾遇到一位基礎班的留學生與日本人交談。仔細聆聽下，驚訝地發現，他僅用簡單的基礎會話，竟能很流利地跟日本人交談。原來將基礎日語學好，靈活運用，也能説出流利的日語。

從事日語教學超過二十年，期望能對日語教學略盡棉薄之力，於是將多年的教學經驗，整理出在生活中最常用的人、事、時、地、物的字彙，配合簡易清楚的句型，應用多樣的動詞變化而完成了本書。由於希望學習者在日語學習上能簡單化、生活化、實用化，進而達到輕鬆愉快、循序漸進的學習成效，所以本書強調運用簡單的基礎日語，也能生動地運用在實際生活裡，將學習發揮到最高效果，輕鬆上手。

衷心期盼所有讀者，可以藉由這本書，事半功倍學習到有趣實用的日語，並活用在日常生活中。

在此非常感謝瑞蘭國際出版的專業團隊，協力完成這本書的編輯及出版。

《史上最強大好學初級日語》用最輕鬆、最簡單、最生活、最實用的方式學習日語,只要運用書中的基礎日語,就能生動地運用在實際生活裡,讓您的日本語,一學就上手!

日語假名習寫

每個假名皆設計方格讓您可以跟著範例習寫,附上筆順標示、MP3錄音,邊寫邊聽,五十音一次學會!

MP3 序號

日籍名師錄製標準東京腔,配合音檔學習,聽、說一次搞定!

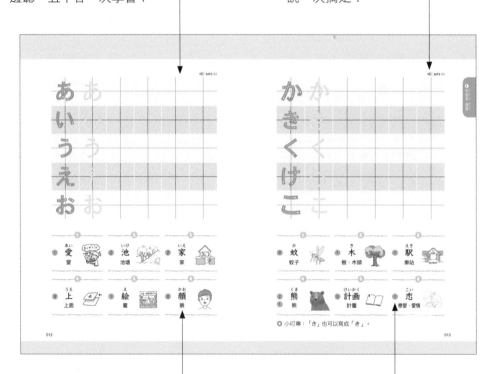

基礎日語單字

列出基礎日語單字,附上重音標示、中文翻譯、精美插圖,好記好學!

重音標示

每個單字皆標出重音,跟著重音開口說日語,清楚又標準。

文法時間

運用生活中最常用的人、事、時、地、物等字彙，導入簡易清楚的句型，原來日語文法一點都不難！

會話大聲講

每課都有輕鬆易學的簡單生活會話，用日語溝通無障礙！

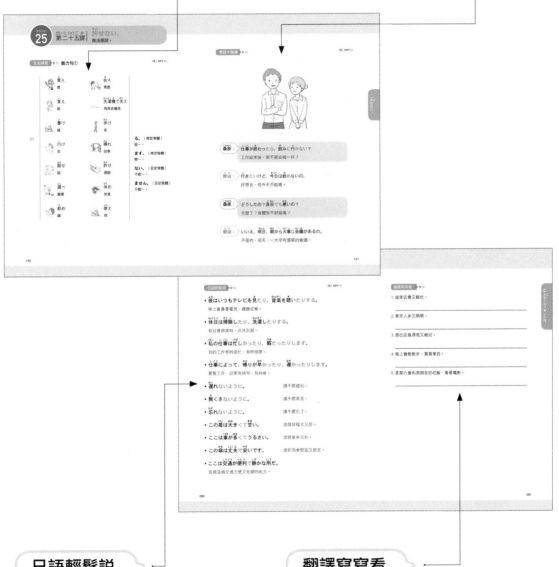

日語輕鬆說

最實用的好用句，句句生活化又好記，熟練日語好容易！

翻譯寫寫看

翻譯寫寫看，並附有解答，課後馬上使用，成果驗收不費力！

目 次

せいおん 清音 ▶▶▶ 　　　　　　　　　　　　　　　　🔊 MP3 01

あ a	い i	う u	え e	お o
か ka	き ki	く ku	け ke	こ ko
さ sa	し shi	す su	せ se	そ so
た ta	ち ti	つ tsu	て te	と to
な na	に ni	ぬ nu	ね ne	の no
は ha	ひ hi	ふ hu	へ he	ほ ho
ま ma	み mi	む mu	め me	も mo
や ya		ゆ yu		よ yo
ら ra	り ri	る ru	れ re	ろ ro
わ wa				を o
ん n				

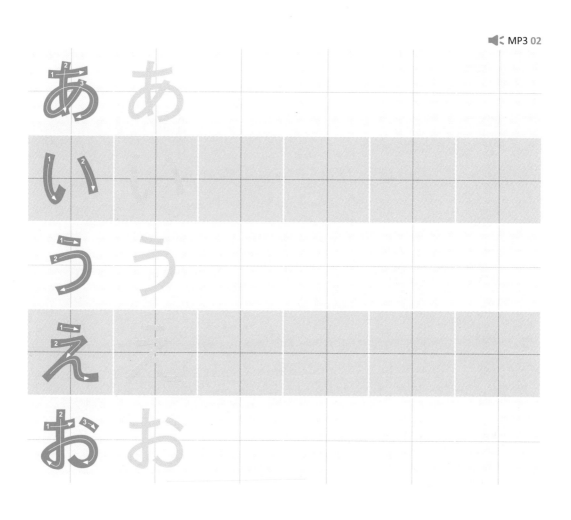

あ　あ

い

う　う

え

お　お

---

①

① あい 愛
愛

②

② いけ 池
池塘

③

② いえ 家
家

---

④

⓪ うえ 上
上面

⑤

① え 絵
畫

⑥

⓪ かお 顔
臉

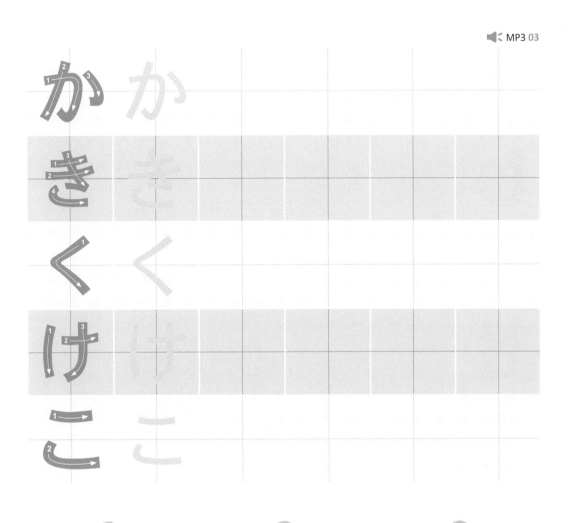

1

⓪ **蚊** か
蚊子

2

① **木** き
樹，木頭

3

① **駅** えき
車站

4

② ① **熊** くま
熊

5

⓪ **計画** けいかく
計畫

6

① **恋** こい
戀愛，愛情

◎ 小叮嚀：「き」也可以寫成「き」。

013

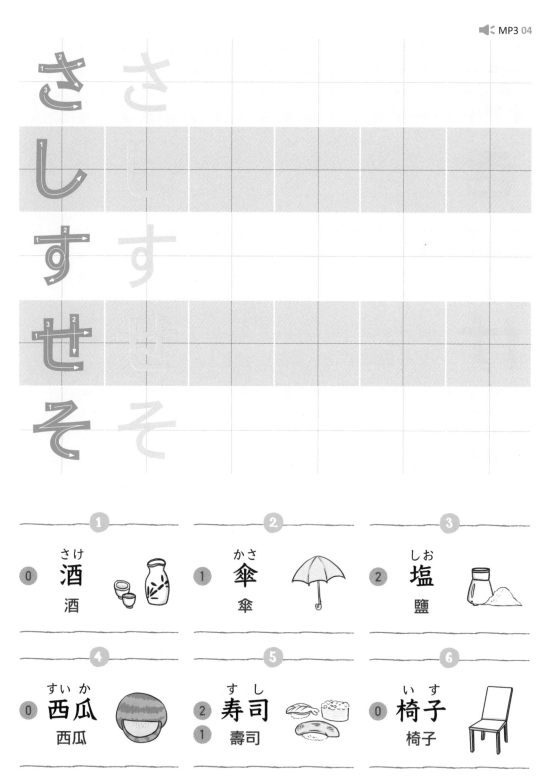

さ

し

す

せ

そ

①	②	③
⓪ さけ **酒** 酒	① かさ **傘** 傘	② しお **塩** 鹽

④	⑤	⑥
⓪ すいか **西瓜** 西瓜	② すし **寿司** ① 壽司	⓪ いす **椅子** 椅子

◎ 小叮嚀：「さ」也可以寫成「さ」。

た

ち

つ

て

と

1

くつした
靴下
襪子
②
④

2

ちち
父
②
① 父親；上帝；創始人

3

つくえ
机
⓪
桌子，書桌

4

くつ
靴
②
鞋

5

て
手
①
手

6

とけい
時計
⓪
鐘錶

な

に

ぬ

ね

の

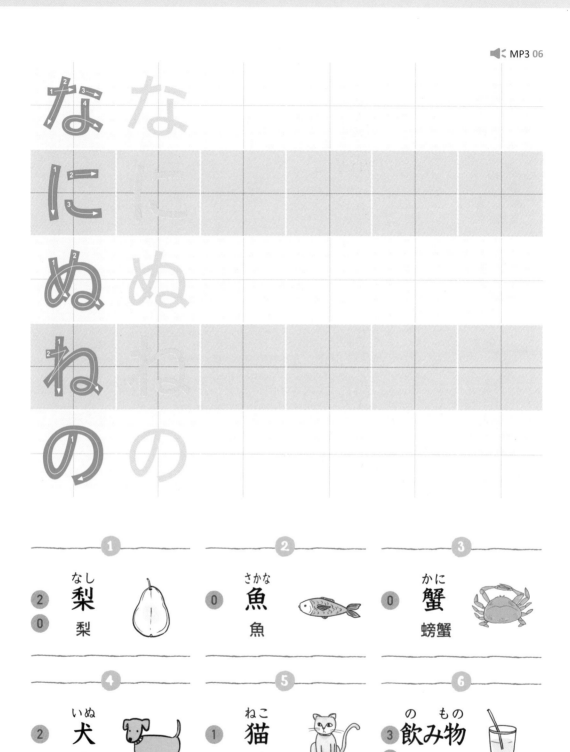

①

² 梨 なし
⓪ 梨

②

⓪ 魚 さかな
魚

③

⓪ 蟹 かに
螃蟹

④

² 犬 いぬ
狗

⑤

① 猫 ねこ
貓

⑥

³ 飲み物 の もの
² 飲料

だいさん か
第三課 | ひら が な せいおん
平仮名　清音 3

は

ひ

ふ

へ

ほ

①	②	③
② はな **花** 花	⓪ はな **鼻** 鼻	⓪ ひと **人** 人，一般人

④	⑤	⑥
② ふく **服** 衣服	② へた **下手** 笨拙，不高明	⓪ さい ふ **財布** 錢包

ま　ま

み　み

む　む

め　め

も　も

---

①

③ **頭**　
あたま

② 頭，腦袋

---

②

② **耳**　
みみ

耳朵，（器物的）耳

---

③

⓪ **虫**　
むし

蟲

---

④

① **目**　
め

眼睛

---

⑤

① **雨**　
あめ

雨

---

⑥

⓪ **桃**　
もも

桃子

だいよんか
第四課 | ひらがな せいおん
平仮名 清音4

や　や

ゆ　ゆ

よ　よ

---

①

⓪ やさい
野菜
蔬菜

②

② やま
山
山

③

② へや
部屋
房間

---

④

① ゆ
湯
開水，熱水，溫泉，澡堂

⑤

② ゆき
雪
雪

⑥

① よる
夜
晚上

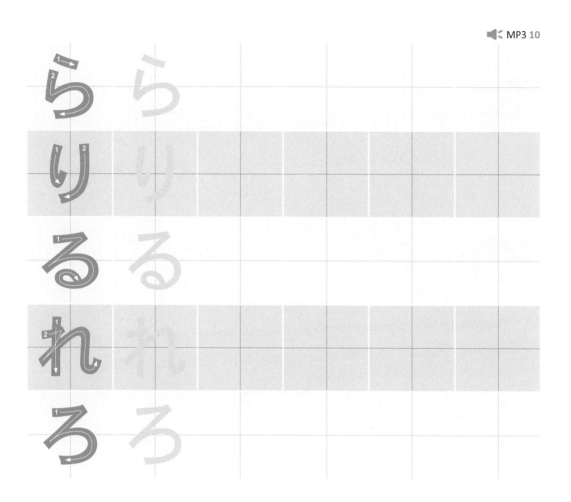

らりるれろ

---

①

① <ruby>枕<rt>まくら</rt></ruby>

枕頭

---

②

⓪ <ruby>鳥<rt>とり</rt></ruby>

鳥，雞

---

③

⓪ <ruby>車<rt>くるま</rt></ruby>

車

---

④

① <ruby>留守<rt>る　す</rt></ruby>

不在家，看家，忽略

---

⑤

① <ruby>列<rt>れつ</rt></ruby>

排隊，隊伍

---

⑥

⓪ <ruby>漏水<rt>ろうすい</rt></ruby>

漏水

わ わ

を を

ん ん

---

①

① 私
わたし
我

②

手を洗う
て　あら
洗手

③

本を読む
ほん　よ
讀書

---

④

① 温泉
おんせん
温泉

⑤

② 日本
に　ほん
日本

濁音・半濁音 ▶▶▶

MP3 **12**

	a	i	u	e	o
g	が ga	ぎ gi	ぐ gu	げ ge	ご go
z	ざ za	じ zi	ず zu	ぜ ze	ぞ zo
d	だ da	ぢ zi	づ zu	で de	ど do
b	ば ba	び bi	ぶ bu	べ be	ぼ bo
p	ぱ pa	ぴ pi	ぷ pu	ぺ pe	ぽ po

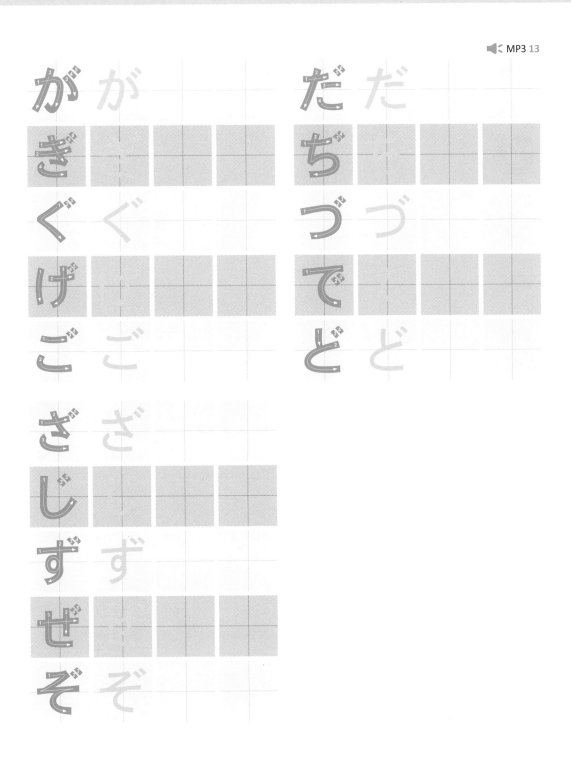

⑤ 平仮名(ひらがな) 濁音(だくおん)・半濁音(はんだくおん)・拗音(ようおん)・促音(そくおん)

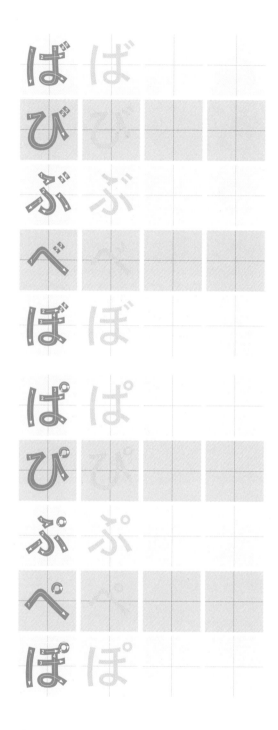

①

ぎんこう
銀行
銀行

②

か ぐ
家具
家具

③

はいざら
灰皿
煙灰缸

④

じ てん
辞典
辭典

⑤

か ぜ
風邪
感冒

⑥

でん わ
電話
電話

⑦

かばん
鞄
皮包，公事包，書包

⑧

ぶた
豚
豬

⑨

べんとう
弁当
便當，飯盒

⑩

ぼう し
帽子
帽子

⑪

えんぴつ
鉛筆
鉛筆

⑫

さん ぽ
散歩
散歩

きゃ	きゅ	きょ		ぎゃ	ぎゅ	ぎょ
kya	kyu	kyo		gya	gyu	gyo
しゃ	しゅ	しょ		じゃ	じゅ	じょ
sha	shu	sho		ja	ju	jo
ちゃ	ちゅ	ちょ		にゃ	にゅ	にょ
cha	chu	cho		nya	nyu	nyo
ひゃ	ひゅ	ひょ		びゃ	びゅ	びょ
hya	hyu	hyo		bya	byu	byo
ぴゃ	ぴゅ	ぴょ				
pya	pyu	pyo				
みゃ	みゅ	みょ		りゃ	りゅ	りょ
mya	myu	myo		rya	ryu	ryo

きゃ きゃ

きゅ きゅ

きょ きょ

しゃ しゃ

しゅ しゅ

しょ しょ

ちゃ ちゃ

ちゅ ちゅ

ちょ ちょ

ぎゃ ぎゃ

ぎゅ ぎゅ

ぎょ ぎょ

じゃ じゃ

じゅ じゅ

じょ じょ

にゃ にゃ

にゅ にゅ

にょ にょ

5 平仮名 濁音・半濁音・拗音・促音

ひゃ ひゃ

ひゅ

ひょ ひょ

びゃ びゃ

びゅ

びょ びょ

ぴゃ ぴゃ

ぴゅ

ぴょ ぴょ

みゃ みゃ

みゅ

みょ みょ

りゃ りゃ

りゅ

りょ りょ

①

⓪ きゃく
客

客人

②

① しゃいん
社員

公司職員

③

① しゅ ふ
主婦

主婦

④

⓪ しょく じ
食事

吃飯，餐，飲食

⑤

⓪ じょせい
女性

女性

⑥

⓪ ちゃわん
茶碗

碗

⑦

⓪ にゅういん
入院

住院

⑧

⓪ びょういん
病院

醫院

⑨

⓪ りゅうがく
留学

留學

⑩

① りょう り
料理

料理，做菜，菜餚

 促音 ▶▶▶

①

がっこう
学校
學校

②

⓪ **きって**
切手
郵票

③

⓪ **きっぷ**
切符
（乘車、飛機、入
場等用的）票

④

⓪ **ざっし**
雑誌
雜誌

⑤

⓪ **せっけん**
石鹸
香皂

比 較 ▶▶▶

 ② **おと**
音
聲音

⓪ **おっと**
夫
丈夫

② **スパイ**
① 間諜，特務

③ **す**
酸っぱい
酸

① **き**
来て
請過來

⓪ **きって**
切手
郵票

ちょう おん
長音 ▶▶▶

a-a

 ② お母さん
かあ

母親，令堂

i-i

 ② お兄さん
にい

哥哥、夫兄、姊夫的敬稱

 ⓪ 美味しい
おい

③ 好吃

u-u

 ① 空気
くう き

空氣

e-e

 ② お姉さん
ねえ

姊姊、夫姊、妻姊、嫂嫂的敬稱

e-i

 ⓪ 時計
と けい

鐘錶

 ① 映画
えい が

⓪ 電影

 ⓪ 警察
けいさつ

警察

 ③ 先生
せんせい

先生，老師

 ⓪ 学生
がくせい

學生

 ⓪ 英語
えい ご

英語

o-o

 ① 多い
おお

② 多

 ③ 大きい
おお

大

 ⓪ 遠い
とお

遠

 ⓪ 氷
こおり

冰

o-u

 ② お父<ruby>父<rt>とう</rt></ruby>さん
父親，令尊

 ④ <ruby>弟<rt>おとうと</rt></ruby>
弟弟

 ⓪ <ruby>妹<rt>いもうと</rt></ruby>
妹妹

 ⓪ <ruby>銀行<rt>ぎんこう</rt></ruby>
銀行

 ⓪ <ruby>紅茶<rt>こうちゃ</rt></ruby>
紅茶

 ⓪ <ruby>相撲<rt>すもう</rt></ruby>
相撲

 ⓪ <ruby>旅行<rt>りょこう</rt></ruby>
旅行

比 較 ▶▶▶

 ⓪ おばさん
伯母，嬸嬸，姑姑，阿姨，
舅媽，對中年婦女的敬稱

 ⓪ おじさん
伯父，叔叔，姑丈，姨丈，
舅舅，對男性長輩的敬稱

 ② おばあさん
祖母，外婆，對老太太的敬稱

 ② おじいさん
祖父，外公，對老爺爺的敬稱

 ② <ruby>家<rt>いえ</rt></ruby>
家

 ② <ruby>雪<rt>ゆき</rt></ruby>
雪

 ② <ruby>夢<rt>ゆめ</rt></ruby>
夢

 ③ いいえ
不

 ① <ruby>勇気<rt>ゆうき</rt></ruby>
勇氣

 ⓪ <ruby>有名<rt>ゆうめい</rt></ruby>
有名

せいおん 清音 ▶▶▶ 🔊 MP3 **21**

ア	イ	ウ	エ	オ
a	i	u	e	o
カ	キ	ク	ケ	コ
ka	ki	ku	ke	ko
サ	シ	ス	セ	ソ
sa	shi	su	se	so
タ	チ	ツ	テ	ト
ta	ti	tsu	te	to
ナ	ニ	ヌ	ネ	ノ
na	ni	nu	ne	no
ハ	ヒ	フ	ヘ	ホ
ha	hi	hu	he	ho
マ	ミ	ム	メ	モ
ma	mi	mu	me	mo
ヤ		ユ		ヨ
ya		yu		yo
ラ	リ	ル	レ	ロ
ra	ri	ru	re	ro
ワ				ヲ
wa				o
ン				
n				

ナ ナ

ニ ニ

ヌ ヌ

ネ ネ

ノ ノ

ハ ハ

ヒ ヒ

フ フ

ヘ ヘ

ホ ホ

マ マ

ミ ミ

ム ム

メ メ

モ モ

ヤ ヤ

ユ ユ

ヨ ヨ

❼ 片仮名 清音

035

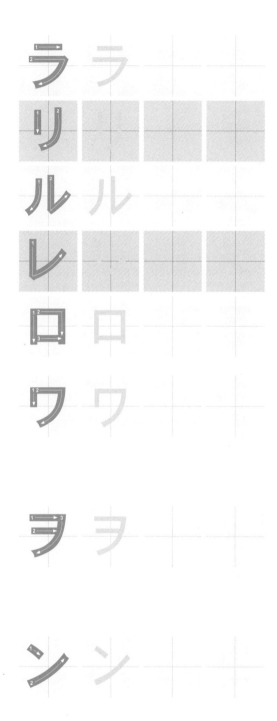

1

0 **アイロン**
熨斗

2

1 **クーラー**
冷氣機

3

1 **ケーキ**
蛋糕

4

3 **コーヒー**
咖啡

5

1 **サイズ**
尺寸

6

1 **システム**
系統

7

1 **ジュース**
果汁

8

2 **スキー**
滑雪

9

2 **スポーツ**
體育，運動

10

1 **セール**
大減價

11

1 **ソース**
醬汁

12

1 **チーズ**
起司

13

1 **ツアー**
短程旅行

14

1 **テスト**
考試，測試，檢查

15

2 **デパート**
百貨公司

16

1 **トイレ**
化妝室，廁所

17

1 **ナイフ**
刀

18

1 **ネクタイ**
領帶

19

1 **ノート**
筆記，注釋

20

1 **ハム**
火腿

21

1 **ハワイ**
夏威夷

⑦片仮名 清音

㉒ ① パン 麺包	㉓ ① パンダ 貓熊	㉔ ⓪ ピアノ 鋼琴
㉕ ① プール 游泳池	㉖ ① ヘア 頭髪	㉗ ① ペット 寵物
㉘ ⓪ ベルト 皮帯	㉙ ⓪ ペンギン 企鵝	㉚ ① ホテル 飯店，旅館
㉛ ① ミルク 牛奶	㉜ ① メモ 筆記	㉝ ① ライス 米飯
㉞ ① ライター 打火機	㉟ ① リスト 名單，一覧表	㊱ ① ルール 規則
㊲ ① ⓪ レモン 檸檬	㊳ ① ローマ 羅馬	

① おはようございます。
早安。

② こんにちは。
午安。

③ こんばんは。
晩安（相見時的問候語）。

④ お休<ruby>休<rt>やす</rt></ruby>みなさい。
晩安（道別時説的）。

⑤ さようなら。
再見。

⑥ お<ruby>元気<rt>げんき</rt></ruby>ですか。 → はい、お<ruby>陰様<rt>かげさま</rt></ruby>で <ruby>元気<rt>げんき</rt></ruby>です。
您好嗎？ → 是，托您的福，我很好。

<ruby>于<rt>う</rt></ruby>、<ruby>王<rt>おう</rt></ruby>、<ruby>欧<rt>おう</rt></ruby>、<ruby>汪<rt>おう</rt></ruby>、<ruby>夏<rt>か</rt></ruby>、<ruby>何<rt>か</rt></ruby>、<ruby>管<rt>かん</rt></ruby>、<ruby>許<rt>きょ</rt></ruby>、<ruby>胡<rt>こ</rt></ruby>、<ruby>呉<rt>ご</rt></ruby>、<ruby>孔<rt>こう</rt></ruby>、<ruby>高<rt>こう</rt></ruby>、<ruby>黄<rt>こう</rt></ruby>、<ruby>江<rt>こう</rt></ruby>、

<ruby>崔<rt>さい</rt></ruby>、<ruby>蔡<rt>さい</rt></ruby>、<ruby>朱<rt>しゅ</rt></ruby>、<ruby>周<rt>しゅう</rt></ruby>、<ruby>徐<rt>じょ</rt></ruby>、<ruby>章<rt>しょう</rt></ruby>、<ruby>鍾<rt>しょう</rt></ruby>、<ruby>秦<rt>しん</rt></ruby>、<ruby>沈<rt>しん</rt></ruby>、<ruby>石<rt>せき</rt></ruby>、<ruby>銭<rt>せん</rt></ruby>、<ruby>楚<rt>そ</rt></ruby>、<ruby>蘇<rt>そ</rt></ruby>、<ruby>荘<rt>そう</rt></ruby>、

<ruby>曹<rt>そう</rt></ruby>、<ruby>曾<rt>そう</rt></ruby>、<ruby>宋<rt>そう</rt></ruby>、<ruby>孫<rt>そん</rt></ruby>、<ruby>趙<rt>ちょう</rt></ruby>、<ruby>張<rt>ちょう</rt></ruby>、<ruby>陳<rt>ちん</rt></ruby>、<ruby>鄭<rt>てい</rt></ruby>、<ruby>丁<rt>てい</rt></ruby>、<ruby>唐<rt>とう</rt></ruby>、<ruby>陶<rt>とう</rt></ruby>、<ruby>董<rt>とう</rt></ruby>、<ruby>方<rt>ほう</rt></ruby>、<ruby>包<rt>ほう</rt></ruby>、

<ruby>余<rt>よ</rt></ruby>、<ruby>楊<rt>よう</rt></ruby>、<ruby>葉<rt>よう</rt></ruby>、<ruby>李<rt>り</rt></ruby>、<ruby>陸<rt>りく</rt></ruby>、<ruby>劉<rt>りゅう</rt></ruby>、<ruby>梁<rt>りょう</rt></ruby>、<ruby>廖<rt>りょう</rt></ruby>、<ruby>林<rt>りん</rt></ruby>、<ruby>呂<rt>ろ</rt></ruby>、<ruby>欧陽<rt>おうよう</rt></ruby>

<ruby>零<rt>れい</rt></ruby>・ゼロ <ruby>一<rt>いち</rt></ruby> <ruby>二<rt>に</rt></ruby> <ruby>三<rt>さん</rt></ruby> <ruby>四<rt>し</rt></ruby>・<ruby>四<rt>よん</rt></ruby> <ruby>五<rt>ご</rt></ruby> <ruby>六<rt>ろく</rt></ruby> <ruby>七<rt>しち</rt></ruby>・<ruby>七<rt>なな</rt></ruby> <ruby>八<rt>はち</rt></ruby> <ruby>九<rt>きゅう</rt></ruby>・<ruby>九<rt>く</rt></ruby> <ruby>十<rt>じゅう</rt></ruby>

7 片<ruby>仮名<rt>かたかな</rt></ruby> <ruby>清音<rt>せいおん</rt></ruby>

わたし　ちん
私は　陳です。
敝姓陳。

文法時間 ▶▶▶ 基本句型：①人

🔊 MP3 29

 ③ こうむいん
公務員
公務員

 ③ かいしゃいん
会社員
公司職員

 ③ せんせい
先生
（醫師、律師、學者、藝術家的敬稱）先生，老師

 ⓪ けいさつ
警察
警察

 ③ だいがくせい
大学生
④ 大學生

 ③ こうこうせい
高校生
高中生

01. かのじょ
彼女は
她

 ③ しょうがくせい
小学生
④ 小學生

 ③ りゅうがくせい
留学生
④ 留學生

 ⓪ いしゃ
医者
醫生

 ③ かんごし
看護師
護士

 ④ にほんじん
日本人
日本人

 ④ たいわんじん
台湾人
台灣人

 にほんご　せんせい
日本語の　先生
日語老師

 ① しゅふ
主婦
主婦

です。
是～。

では　ありません。
不是～。

02.

こ / そ / あ （這 / 那 / 那（較遠的））

方位 / 人
かた / ひと
方位 / 人人

の

は

私の
わたし
我的

	① 彼氏（かれし）男朋友		① 彼女（かのじょ）女朋友
	② 父（ちち）／① 父親		① 母（はは）母親
	① 両親（りょうしん）父母		① 兄弟（きょうだい）兄弟姉妹
	① 兄（あに）哥哥		⓪ 姉（あね）姊姊
	④ 妹（いもうと）妹妹		④ 弟（おとうと）弟弟
	① 家族（かぞく）家人		⓪ 子供（こども）小孩
	⓪ 息子（むすこ）兒子		③ 娘（むすめ）女兒
	⓪ 友達（ともだち）朋友		⓪ 親友（しんゆう）好朋友
	⓪ 同僚（どうりょう）同事		① 主人（しゅじん）老公
	① 女房（にょうぼう）老婆		

です。
是～。

では ありません。
不是～。

⑧ 私（わたし）は　陳（ちん）です。

041

陳：
はじめまして、陳です。
どうぞ、よろしく　お願いします。

初次見面，敝姓陳。麻煩請多多指教。

斉藤：
はじめまして、斉藤です。
こちら　こそ、よろしく　お願いします。

初次見面，我姓齊藤。我才是，要麻煩您多多指教。

陳：
斉藤さんは　留学生ですか。

齊藤先生是留學生嗎？

斉藤： いいえ、違います。先生です。

不，不是。是老師。

陳： 日本語の　先生ですか。

是日語老師嗎？

斉藤： はい、そうです。陳さんは。

是的，沒錯。陳小姐呢？

渡辺： 私は　主婦です。主人も　先生ですが、
英語の　先生です。

我是家庭主婦。老公也是老師，但是是英語老師。

日語輕鬆説 ▶▶▶

MP3 31

- お仕事は？　　　　　　您的工作是？

- お名前は？　　　　　　請問尊姓大名？

- お住居は？　　　　　　您住哪？

- お誕生日は？　　　　　您生日是什麼時候？

- おいくつですか。　　　您貴庚？

1. 爸爸不是公務人員。

_____

2. 你不是大學生嗎？

_____

3. 他是我的同事。

_____

4. 她也是我的朋友。

_____

lesson
9
だいきゅう か
第九課 | これは　何ですか。
なん
這個是什麼呢？

⑨
これは　何ですか。
なん

文法時間 ▶▶▶ 基本句型：②物

🔊 MP3 32

 ⓪ 雑誌
ざっ し
雜誌

① 本
ほん
書

 ⓪ 時計
と けい
錶

⓪ 携帯
けいたい
手機

これ
這個

/

01. それ は 誰の
だれ
那個 是 誰的

/

あれ
那個
（較遠的）

 ② 服
ふく
衣服

② 靴
くつ
鞋子

① 眼鏡
め がね
眼鏡

⓪ 財布
さい ふ
錢包

 ① 傘
かさ
傘

⓪ 帽子
ぼう し
帽子

 ⓪ 車
くるま
車

⓪ 鞄
かばん
皮包，公事包，書包

です か。

呢？

02.

この			
這個			
/			
その			
那個			
/			
あの			
那個 (較遠的)			

 ⓪ 雑誌 ^{ざっし}
雜誌

 ① 本 ^{ほん}
書

 ⓪ 時計 ^{とけい}
錶

⓪ 携帯 ^{けいたい}
手機

 ② 服 ^{ふく}
衣服

② 靴 ^{くつ}
鞋子

 ① 眼鏡 ^{めがね}
眼鏡

⓪ 財布 ^{さいふ}
錢包

 ① 傘 ^{かさ}
傘

⓪ 帽子 ^{ぼうし}
帽子

 ⓪ 車 ^{くるま}
車

⓪ 鞄 ^{かばん}
皮包、公事包、書包

は 友達のです。^{ともだち}
是 朋友的。

誰のですか。^{だれ}
誰的呢？

比 較 ▶▶▶

・ これは 私の 服です。 這件是我的衣服。

→この服は 私のです。 這件衣服是我的。

→私の 服は これです。 我的衣服是這件。

木村_{きむら}： これは　何_{なん}ですか。

這個是什麼呢？

佐藤_{さとう}： それは　日本語_{にほんご}の　雑誌_{ざっし}です。

那個是日語雜誌。

木村_{きむら}： この　雑誌_{ざっし}は　誰_{だれ}のですか。

這本雜誌是誰的呢？

佐藤_{さとう}： 私_{わたし}も　分_わかりません。

我也不知道。

木村： これは　コーヒーですか、紅茶ですか。

這個是咖啡呢？還是紅茶呢？

佐藤： これは　紅茶です。

這個是紅茶。

- これを　下さい。　　　　　　　請給我這個。

- これは　いくらですか。　　　　這個多少錢呢？

- ちょっと　高いです　　　　　　有點貴。

- ちょっと　まけて　下さい。　　請算便宜一點。

- 返品したいんですが。　　　　　我想退貨。

翻譯寫寫看 ▶▶▶

1. 這支手錶是誰的呢？

_____

2. 這個不是我的眼鏡。

_____

3. 那支是同事的手機嗎？

_____

4. 朋友的書是這本嗎？

_____

5. 那本也是她的雜誌嗎？

_____

6. 我的錢包不是這個。

_____

だいじゅっか
第十課 | ここは 私の 学校です。
這裡是我的學校。

文法時間 ▶▶▶ **基本句型：③場所**

🔊 MP3 35

	⓪ くうこう **空港** 機場		④ どうぶつえん **動物園** 動物園
	① えき **駅** 車站		① ほん や **本屋** 書店
	⓪ だいがく **大学** 大學		⓪ くすり や **薬屋** 藥局
	⓪ がっこう **学校** 學校		⓪ びょういん **病院** 醫院
	⓪ きょうしつ **教室** 教室		⓪ ち か てつ **地下鉄** 地下鐵
	⓪ かいしゃ **会社** 公司		⓪ こうえん **公園** 公園
	② じ む しょ **事務所** 辦公室		① **ホテル** 飯店，旅館
	⓪ ぎんこう **銀行** 銀行		③ ゆうびんきょく **郵便局** 郵局

01. **ここ** 這裡 **/ そこ** 那裡 **/ あそこ** 那裡（較遠的） **は**

です。
是～。

では ありません。
不是～。

01.
ここ
這裡
/
そこ は
那裡
/
あそこ
那裡
(較遠的)

 ② デパート
百貨公司

 ① スーパー
超市

② 図書館
圖書館

 ③ 映画館
電影院

③ お手洗い
洗手間

 ① トイレ
化妝室

です。
是～。

では　ありません。
不是～。

❿ ここは　私の　学校です。

長谷川 (はせがわ)：あそこは　何 (なん)ですか。

那裡是什麼呢？

小出 (こいで)：どこですか。

哪裡呢？

長谷川 (はせがわ)：あの　青 (あお)い　建物 (たてもの)です。

那棟藍色的建築物。

小出 (こいで)：ああ、あそこは　デパートですよ。

啊，那裡是百貨公司喔！

長谷川（はせがわ）： そこも　デパートですか。

那裡也是百貨公司嗎？

小出（こいで）： いいえ、違（ちが）います。スーパーです。

不，不是。是超市。

長谷川（はせがわ）： すみませんが、お手洗（てあら）いは　どこですか。

不好意思，洗手間在哪裡呢？

小出（こいで）： あそこです。

在那裡。

日語輕鬆說 ▶▶▶　　　　　　　　　　　　　　🔊 MP3 37

- 空港（くうこう）/ 家（いえ）/ 駅（えき）/ 会社（かいしゃ）　まで　送（おく）りましょう！

送你到機場 / 家 / 車站 / 公司吧！

- この　近（ちか）くに　コンビニが　ありますか。

這附近有便利商店嗎？

- この　近（ちか）くに　コンビニは　ありません。

這附近沒有便利商店。

- 今（いま）　お風呂（ふろ）に　入（はい）ります。　　　現在要去洗澡。

053

1. 你的學校在哪裡呢？

_____

2. 廁所不在這裡。

_____

3. 這附近沒有超市，但是有便利商店。

_____

4. 朋友的辦公室不是這裡。

_____

5. 那裡是誰的房間呢？

_____

lesson 11
第十一課
だいじゅういっか

今日は　何曜日ですか。
きょう　なんようび
今天是星期幾呢？

文法時間 ▶▶▶ **基本句型：④時間**

🔊 MP3 38

01.

① 今日は　何曜日ですか。
　きょう　　なんようび

→ 今日は　（月・火・水・木・金・土・日）曜日です。
　きょう　　げつ・か・すい・もく・きん・ど・にち・ようび

今天是星期幾？→ 今天是星期（一・二・三・四・五・六・日）。

② 昨日は　木曜日でした。
　きのう　　もくようび

昨天是星期四。

02.

① （ここ・家）から　（会社・学校・駅・空港）まで　遠いですか。
　　　　うち　　　　　かいしゃ・がっこう・えき・くうこう　　　とお

→ ちょっと　遠いです。/ いいえ、（あまり・全然）　遠くないです。
　　　　　　　とお　　　　　　　　　　　ぜんぜん　　　　とお

從（這裡・家裡）到（公司・學校・車站・機場）遠嗎？
→ 有點遠。/ 不，（不太・完全不）遠。

② 台湾から　日本まで　飛行機で　どのぐらいですか。
　たいわん　　にほん　　ひこうき

→ 3時間ぐらいです。
　　さんじかん

從台灣到日本搭飛機要多久？ → 3個小時左右。

③ 月曜日から　金曜日まで　授業が　あります。
　げつようび　　きんようび　　じゅぎょう

從星期一到星期五有課。

④ これは　安いから　買いたいです。
　　　　やす　　　か

這個很便宜所以想買。

これは　高いから　買いたくないです。
　　　　たか　　　か

這個很貴所以不想買。

① （午前・午後・夜）授業が　あります。

（早上・下午・晚上）有課。

03.

 ② 日曜日　授業は　ありません。

星期日沒有課。

③ （昨日・今朝）　授業が　ありました。

（昨天・今天早上）有課。

近藤（こんどう）：何時（なんじ）の　授業（じゅぎょう）ですか。

幾點的課呢？

黑川（くろかわ）：午後（ごご）の　2時（じ）です。今（いま）、何時（なんじ）ですか。

下午 2 點。現在，幾點呢？

近藤（こんどう）：ちょうど　12時（じゅうにじ）です。家（うち）から　学校（がっこう）まで　バスで　どの　ぐらいですか。

剛好 12 點。從家裡到學校搭公車要多久呢？

黑川（くろかわ）：そうですね。大体（だいたい）　20分（にじゅっぷん）ぐらいですよ。

嗯……。大約 20 分鐘左右喔！

⑪ 今日（きょう）は　何曜日（なんようび）ですか。

近藤： では、一緒に コンビニで 食事を　してから、学校
へ　行きましょう。

那麼，一起在便利商店吃飯之後再去學校吧！

黒川： いいですね。行きましょう。

好啊！走吧！

MP3 40

日語輕鬆説 ▶▶▶

• 味は　どうですか。　　　　　　　　　　味道如何呢？

• 旅行は　どうでしたか。　　　　　　　旅行（玩得）如何呢？

• 毎日　何時に　（起き・寝・休み・運動し）ますか。

每天幾點（起床 ・ 睡覺 ・ 休息 ・ 運動）呢？

→ 決まって　いません。　　　　　　不一定。

→ （１時・２時・３時・４時・５時・６時・７時・８時・
９時・１０時・１１時・１２時）です。

（1點 ・2點 ・3點 ・4點 ・5點 ・6點 ・7點 ・8點 ・9點 ・
10點 ・11點 ・12點）。

• 昨日　何時に　（起き・寝・休み・運動し）ましたか。

這昨天幾點（起床 ・ 睡覺 ・ 休息 ・ 運動）呢？

- （冬休み・夏休み）は　いつから　いつまでですか。

  （寒假・暑假）從什麼時候到什麼時候呢？

- もう（朝・昼・晩）ご飯を　食べましたか。

  已經吃過（早・午・晚）餐了嗎？

→ はい、食べました。 / いいえ、まだです。

  是的，吃過了。/ 不，還沒。

- そろそろ　時間ですよ。　　　　　　　時間差不多了喔！

- いつでも　いいです。　　　　　　　　隨時都可以。

- 何時でも　いいです。　　　　　　　　幾點都可以。

- 誰でも　いいです。　　　　　　　　　誰都可以。

- どこでも　いいです。　　　　　　　　哪裡都可以。

⓫ 今日は　何曜日ですか。

翻譯寫寫看 ▶▶▶

1. 這支手錶很貴，所以不想買。

_____

2. 課是從早上到下午。

_____

3. 從這裡到車站有點遠，所以搭公車去吧！

_____

4. 從家裡到機場搭公車要 2 個小時左右。

_____

5. 明天下午一起去百貨公司吧！

_____

lesson 12

第十二課 | 先生は　今　どこに　いますか。

老師現在在哪裡呢？

文法時間 ▶▶▶ **有生命與無生命的存在**

◀ MP3 41

01.

 机の　上に　友達の　（写真・時計・携帯・雑誌・財布）
が　あります。

桌上有朋友的（相片・手錶・手機・雑誌・錢包）。

友達の　（写真・時計・携帯・雑誌・財布）は　机の　上
に　あります。

朋友的（相片・手錶・手機・雜誌・錢包）在桌上。

 今　部屋に　猫が　います。

現在房間有貓。

今　猫は　部屋に　います。

現在貓在房間。

岡山（おかやま）： 先生（せんせい）は 今（いま） どこに いますか。

老師現在在哪裡呢？

松井（まつい）： 多分（たぶん） 教室（きょうしつ）に いるでしょう。

大概是在教室吧！

岡山（おかやま）： 先生（せんせい）の 辞書（じしょ）は どこに ありますか。

老師的辭典在哪裡呢？

松井（まつい）： あそこの 机（つくえ）の 上（うえ）に あります。

在那邊的桌上。

岡山： 隣の 教室には パソコンが ありますか。

隔壁的教室有電腦嗎？

松井： ありませんよ。

沒有喔！

岡山： 今 三浦さんも 教室に いますか。

現在三浦同學也在教室嗎？

松井： いいえ、いません。もう 帰りました。

不，不在。已經回家了。

日語輕鬆説 ▶▶▶　　　　　　　　　　　　　　　🔊 MP3 43

- （彼氏・彼女）が いますか。→はい、いますよ。／いいえ、

いません。

有（男朋友・女朋友）嗎？ → 是的，有喔！/ 不，沒有。

- （今・明日） 時間が ありますか。（現在・明天）有時間嗎？

- 昨日（日本語の試験・試合）が　ありました。

  昨天有（日語考試 ・ 比賽）。

- ある日・ある人・ある程度・ある時

  某一天、某個人、某個程度、某時

- どの　くらい　台湾に　いますか。　　　　　要在台灣多久呢？

翻譯寫寫看 ▶▶▶

1. 現在誰在辦公室呢？

_____

2. 媽媽現在不在房間。

_____

3. 眼鏡在那邊的桌上。

_____

4. 他的手機不在這裡。

_____

lesson **13**	だいじゅうさん か 第十三課	この　映画は　とても　面白いです。 這部電影非常好看。

文法時間 ▶▶▶ 形容詞的基本用法　　　　　　　　🔊 MP3 44

	い形容詞	な形容詞
＋名詞	いい　部屋だ（常體） いい　部屋です（敬體） 不錯的房間	元気な　子だ（常體） 元気な　子です（敬體） 有活力的小孩
＋否定	広く　ない（常體） 広く　ないです（敬體） 不寬敞	静かじゃ　ない（常體） 静かじゃ　ありません（敬體） 不安靜
＋動詞	大きく　なった（常體） 大きく　なりました（敬體） 長大了	綺麗に　なった（常體） 綺麗に　なりました（敬體） 變漂亮了
＋形容詞	安くて　美味しい（常體） 安くて　美味しいです（敬體） 便宜又好吃 近くて　便利だ（常體） 近くて　便利です（敬體） 近又方便	静かで　いい（常體） 静かで　いいです（敬體） 安靜而且不錯 便利で　静かだ（常體） 便利で　静かです（敬體） 方便而且安靜

13 この　映画は　とても　面白いです。

	い形容詞	な形容詞
＋過去式	よかった（常體） よかったです（敬體） 太好了	きれいだった（常體） きれいでした（敬體） 漂亮
＋否定 過去	よく　なかった（常體） よく　なかったです（敬體） 不好	暇じゃ　なかった（常體） 暇じゃ　ありませんでした（敬體） 不是空閒的

常用的い形容詞 ▶▶

③ 大^{おお}きい
大

③ 小^{ちい}さい
小

② 高^{たか}い
高，貴

② 安^{やす}い
便宜

④ 面白^{おもしろ}い
有趣

③ つまらない
無聊

⓪ 易^{やさ}しい
③ 容易

④ 難^{むずか}しい
⓪ 難

④ 新しい
あたら
新

② 古い
ふる
舊

① 良い
よ
好

② 悪い
わる
壞

② 寒い
さむ
冷

② 暑い
あつ
熱

⓪ 美味しい
お い
③ 好吃

② 不味い
ま ず
難吃

④ 忙しい
いそが
忙

⓪ 暇
ひま
閒暇

② 強い
つよ
強

② 弱い
よわ
弱

② 多い
おお
多

③ 少ない
すく
少

② 近い
ちか
近

⓪ 遠い
とお
遠

⓭ この 映画は とても 面白いです。
えいが
おもしろ

067

山下：この　魚は　大きいですね。美味しいですか。

這條魚好大啊！好吃嗎？

田中：美味しいですよ。

好吃喔！

山下：大きい　魚は　高いですか。

大的魚貴嗎？

田中：高く　ないです。安いです。

不貴。很便宜。

山下：あの　魚は　小さいですが、とても　美味しいですよ。

那條魚雖然小，但是非常好吃喔！

日語輕鬆說 ▶▶▶

- 日本語は　英語より　ずっと　面白いです。

  日語比英語有趣多了。

- 英語は　日本語より　ずっと　難しいです。

  英語比日語難多了。

- 新幹線は　電車より　ずっと　早いです。

  新幹線比電車快多了。

- 新幹線は　電車より　ずっと　高いです。

  新幹線比電車貴多了。

翻譯寫寫看 ▶▶▶

1. 我的房間不大。

_____

2. 從家裡到公司並不太遠。

_____

13 この　映画は　とても　面白いです。

3. 從這裡到機場有點遠。

_____

4. 男朋友雖然不高，但是個不錯的人。

_____

5. 這本書雖然不新，但非常有趣。

_____

だいじゅうよん か
第十四課 | 彼の 日本語は とても 上手です。

他的日語非常好。

常用的な形容詞 ▶▶▶

🔊 MP3 47

| 2 好き | 0 嫌い |
| 喜歡 | 討厭 |

| 0 苦手 | 2 得意 |
| 3 不擅長，不好對付的人 | 0 得意，擅長 |

| 1 静か | 2 賑やか |
| 安靜 | 熱鬧 |

0 有名

有名

| 3 上手 | 2 下手 |
| 厲害 | 笨拙 |

1 綺麗

漂亮

0 立派

優秀，雄偉，高尚

1 親切

親切

1 元気

元氣，健康，精神

14
彼の
日本語は
とても
上手です。

071

吉田： 大塚さんは　料理が　上手ですか。

大塚先生做菜拿手嗎？

大塚： 上手では　ありません。下手です。

不拿手。笨手笨腳的。

吉田： どんな　料理が　好きですか。

喜歡什麼樣的料理呢？

大塚： 中華料理が　好きです。

喜歡中華料理。

吉田： どの　科目が　一番　得意ですか。

哪一個科目最擅長呢？

大塚： そうですね。数学が　一番　得意です。

嗯……。數學是最擅長的。

MP3 49

日語輕鬆説 ▶▶▶

 1 音楽
音樂

 2 果物
水果

 2 スポーツ
運動

 1 料理
料理

 1 授業
課

 0 仕事
工作

 1 ドラマ
連續劇

 0 番組
節目

 0 携帯
手機

 3 先生
老師

どんな
什麼樣的

が　好きですか。
喜歡～？

⑭ 彼の　日本語は　とても　上手です。

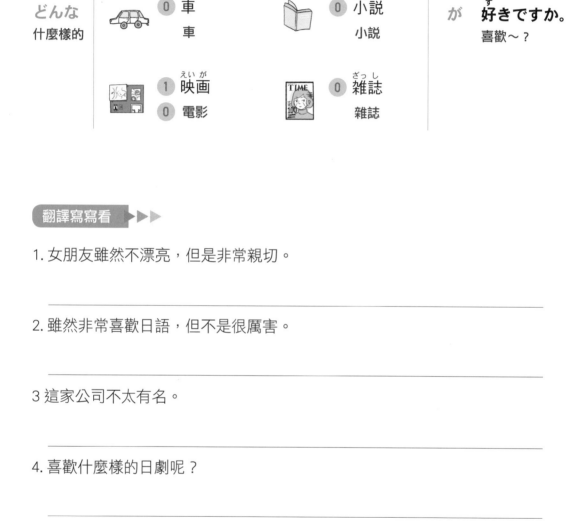

どんな
什麼樣的

1 タイプ
類型

0 人 ひと
人

0 車 くるま
車

0 小説 しょうせつ
小説

1 映画 えいが
0 電影

0 雑誌 ざっし
雑誌

が 好きですか。 す
喜歡～？

翻譯寫寫看 ▶▶▶

1. 女朋友雖然不漂亮，但是非常親切。

_____

2. 雖然非常喜歡日語，但不是很厲害。

_____

3 這家公司不太有名。

_____

4. 喜歡什麼樣的日劇呢？

_____

lesson 15 | だいじゅうご か 第十五課 | 大きくなりましたね。
長大了喔！

文法時間 ▶▶▶ 形容詞＋動詞

01.

 あつ 暑
熱

 さむ 寒
冷

 あたた 暖か
暖和

涼し すず
涼

美味し お い
好吃

まず
難吃

 ねむ 眠
想睡

 いそが 忙し
忙

 つよ 強
強

 よわ 弱
弱

 おお 大き
大

 ちい 小さ
小

 たか 高
貴

 やす 安
便宜

 むずか 難し
難

 やさし
容易，親切

〈 なりました。
變～。（敬體）

01.

面白 _{おもしろ}
有趣

つまらな
無聊

悪 _{わる}
壞

怖 _{こわ}
恐怖

寂し _{さび}
寂寞

明る _{あか}
開朗，明亮

く なりました。
變～。（敬體）

02.

① 綺麗 _{きれい}

漂亮

⓪ イケメン

帥哥

④ お金持ち _{かねも}

有錢人

⓪ 医者 _{いしゃ}

醫生

③ 看護師 _{かんごし}

護士

③ 弁護士 _{べんごし}

律師

④ 野球選手 _{やきゅうせんしゅ}

棒球選手

⓪ 暇 _{ひま}

空閒

③ 上手 _{じょうず}

厲害

② 下手 _{へた}

差

に なった。（常體）
變～；成為～。

02.

 ⓪ 立派^{りっぱ}
優秀

 ⓪ 有名^{ゆうめい}
有名

 ② 好き^す
喜歡

 ⓪ 嫌い^{きら}
討厭

 ① 静か^{しず}
安靜

 ② 賑やか^{にぎ}
熱鬧

 ② 楽^{らく}
輕鬆

に　なった。（常體）
變～；成為～。

吉野： 風邪はよくなりましたか。

感冒好了嗎？

和久井： おかげさまで、だいぶよくなりました。（もう元気になりました。）

托您的福，好很多了。（已經康復了。）

吉野： それはよかったですね。
最近暑かったり寒かったりしますから、風邪を引きやすいですよね。

那太好了。最近一下熱一下冷，所以容易感冒呢。

和久井： そうですね、今日も涼しくなりましたね。

是啊，今天也變涼了呢。

吉野： これから段々寒くなっていくと思います。

我想接下來會漸漸地冷下去。

和久井： かもしれませんね。吉野さんも風邪を引かないように気を付けて下さいね。

或許吧！吉野小姐也請小心別感冒了喔！

吉野： はい、ところで、一緒に夕飯を食べませんか。

好，對了，晚餐要不要一起吃？

和久井： いいですね。涼しくなって来たし、鍋が食べたいな。

好啊！天氣變涼起來，就會想吃火鍋。

吉野： 鍋と言えば、この近くに安くて美味しい店がありますよ。

說到火鍋，這附近有便宜又好吃的店喔！

和久井： 本当ですか。では、行きましょう。

真的嗎？那麼走吧！

吉野： はい、行きましょう。

好，走吧！

- 夜はいつもテレビを見たり、音楽を聴いたりする。

  晚上會看看電視、聽聽音樂。

- 休日は掃除したり、洗濯したりする。

  假日會掃掃地、洗洗衣服。

- 私の仕事は忙しかったり、暇だったりします。

  我的工作有時很忙，有時很閒。

- 仕事によって、帰りが早かったり、遅かったりします。

  要看工作，回家有時早，有時晚。

- 遅れないように。　　　　　　　請不要遲到。

- 無くさないように。　　　　　　請不要弄丟。

- 忘れないように。　　　　　　　請不要忘了。

- この苺は大きくて甘い。　　　　這個草莓大又甜。

- ここは車が多くてうるさい。　　這裡車多又吵。

- この傘は丈夫で安いです。　　　這把雨傘堅固又便宜。

- ここは交通が便利で静かな所だ。

  這裡是個交通方便又安靜的地方。

翻譯寫寫看 ▶▶▶

1. 這家店貴又難吃。

_____

2. 東京人多又熱鬧。

_____

3. 那位店員漂亮又親切。

_____

4. 晚上會散散步、買買東西。

_____

5. 星期六會和男朋友吃吃飯、看看電影。

_____

あたら けいたい か
新しい携帯が買いたいです。
想買新的手機。

文法時間 ▶▶▶ 希望

🔊 MP3 53

01.

か
買い
買

あ
会い
見

い
言い
説

つか
使い
用

うた
歌い
唱歌

わら
笑い
笑

い
行き
去

き
聞き
聽，問

か
書き
寫

な
泣き
哭

はな
話し
談

やす
休み
休息

の
飲み
喝

かえ
帰り
回家

た
食べ
吃

み
見
看

たいです。
想～。

たくないです。
不想～。

⓪ 雑誌 ^{ざっし}
雜誌

 ① 本 ^{ほん}
書

 ① 辞書 ^{じしょ}
辭典

 ⓪ 時計 ^{とけい}
手錶

 ⓪ 携帯 ^{けいたい}
手機

 ① 眼鏡 ^{めがね}
眼鏡

 ② 服 ^{ふく}
衣服

 ② 靴 ^{くつ}
鞋子

 ⓪ 財布 ^{さいふ}
錢包

 ① 傘 ^{かさ}
傘

 ⓪ 帽子 ^{ぼうし}
帽子

 ⓪ 車 ^{くるま}
車

 ⓪ 鞄 ^{かばん}
皮包

02.

が ｜ 買いたいです。^か
想買～。

欲しいです。^ほ
想要～。

⓰ 新しい 携帯が 買いたいです。

酒井： あ、福田さん。どこへ行きますか。

啊，福田先生。要去哪裡呢？

福田： ちょっとコンビニへ行きます。

要去一下便利商店。

酒井： 何が買いたいですか。

想買什麼呢？

福田： コーヒーとミルクが買いたいです。
酒井さんも一緒に行きませんか。

想買咖啡和牛奶。酒井小姐要不要也一起去呢？

酒井（<ruby>酒井<rt>さかい</rt></ruby>）： いいですね。

好啊！

日語輕鬆説 ▶▶▶

• この<ruby>時計<rt>とけい</rt></ruby>はどこで<ruby>買<rt>か</rt></ruby>いましたか。　　　這支手錶在哪裡買的呢？

• どんな<ruby>車<rt>くるま</rt></ruby>が<ruby>欲<rt>ほ</rt></ruby>しいですか。　　　想要什麼樣的車子呢？

• <ruby>日本語<rt>にほんご</rt></ruby>が<ruby>勉強<rt>べんきょう</rt></ruby>したいです。　　　想學日語。

• ああ、<ruby>疲<rt>つか</rt></ruby>れました。ちょっと<ruby>休<rt>やす</rt></ruby>みたいです。

啊，好累。想休息一下。

• <ruby>何<rt>なに</rt></ruby>も<ruby>買<rt>か</rt></ruby>いたくないです。　　　什麼也不想買。

翻譯寫寫看 ▶▶▶

1. 現在什麼也不想吃。

_____

2. 我想在百貨公司買新的錢包。

_____

3. 想買什麼樣的包包呢？

_____

4. 這樣的手機要在哪裡買呢？

_____

5. 我不想看這部電影。

_____

第十七課 （だいじゅうななか）｜明日飛行機で日本へ行きます。

明天搭飛機去日本。

文法時間 ▶▶▶ 交通工具、移動性動詞　　　🔊 MP3 56

1 バス
搭公車

1 タクシー
搭計程車

0 電車（でんしゃ）
1 搭電車

01. 毎日（まいにち）
每天

 で 会社へ（かいしゃ）行きます。（い）
去公司。

0 車（くるま）
開車

1 バイク
騎機車

3 新幹線（しんかんせん）
搭新幹線

2 自転車（じ てんしゃ）
0 騎腳踏車

02. **デパートへ**
百貨公司

買物 <ruby>買物<rt>かいもの</rt></ruby>
買東西

<ruby>時計<rt>とけい</rt></ruby>を<ruby>買<rt>か</rt></ruby>い
買手錶

食事 <ruby>食事<rt>しょくじ</rt></ruby>
吃飯

<ruby>夕飯<rt>ゆうはん</rt></ruby>を<ruby>食<rt>た</rt></ruby>べ
吃晚餐

コーヒーを<ruby>飲<rt>の</rt></ruby>み
喝咖啡

<ruby>映画<rt>えいが</rt></ruby>を<ruby>見<rt>み</rt></ruby>
看電影

に **<ruby>行<rt>い</rt></ruby>き**

ます。（現在，未來）
去。

ません。（現在，未來）
不去。

ました。（過去式）
去。

たいです。
想去。

<ruby>渡辺<rt>わたなべ</rt></ruby>： <ruby>今晩<rt>こんばん</rt></ruby><ruby>時間<rt>じ かん</rt></ruby>がありますか。

今天晚上有空嗎？

<ruby>吉田<rt>よし だ</rt></ruby>： はい、<ruby>何<rt>なん</rt></ruby>でしょうか。

有，什麼事呢？

<ruby>渡辺<rt>わたなべ</rt></ruby>： <ruby>一緒<rt>いっしょ</rt></ruby>に<ruby>映画<rt>えい が</rt></ruby>を<ruby>見<rt>み</rt></ruby>に<ruby>行<rt>い</rt></ruby>きませんか。

要不要一起去看電影呢？

<ruby>吉田<rt>よし だ</rt></ruby>： いいですね。

好啊！

渡辺： その前に、映画館の近くにある有名なレストランで食事しましょうか。

在這之前，在電影院的附近有一家有名的餐廳吃飯吧！

吉田： いい考えですね。

好主意！

渡辺： では、5時半に迎えに行きます。

那麼，5點半去接妳。

吉田： お願いします。では、また。

麻煩你了。那麼，再見。

日語輕鬆説 ▶▶▶　🔊 MP3 58

- 日本へ ｜ 日本語の　勉強　⓪ 出張
　　　　 ⓪ 旅行　⓪ 観光　⓪ 留学 ｜ に来ました。

來日本（學日語・出差・旅行・觀光・留學）。

- 来週図書館へ本を借りに行きたいです。

下星期想去圖書館借書。

- 夕べ彼氏と一緒に車でデパートへ買物に行きました。

  昨晩和男朋友一起開車去百貨公司買東西。

  翻譯寫寫看 ▶▶▶

  1. 我每天騎腳踏車去學校。

  _____

  2. 暑假想和父母一起去旅行。

  _____

  3. 下午要和朋友一起搭公車去百貨公司看電影。

  _____

  4. 下星期要和同事一起去日本出差。

  _____

  5. 今天早上和女朋友一起去圖書館念書了。

  _____

⑰ 明日 飛行機で 日本へ 行きます。

文法時間 ▶▶▶ 動詞否定形

01.

 買 (か) わ
買

 言 (い) わ
説

 使 (つか) わ
使用

 払 (はら) わ
支付

 聞 (き) か
問，聽

 書 (か) か
寫

 返 (かえ) さ
歸還

 休 (やす) ま
休息，請假，休假

 帰 (かえ) ら
回家

 頑張 (がんば) ら
加油，努力

 見 (み)
看

 覚 (おぼ) え
記住

 勉強 (べんきょう) し
用功

 残業 (ざんぎょう) し
加班

 予約 (よやく) し
預約

 解決 (かいけつ) し
解決

なければ (＝なきゃ) なくては (＝なくちゃ)	なりません。 ならない。
	いけません。 いけない。
	だめです。 だめだ。

ないと。
不〜的話〜不行；必須〜。

01.

練習し<ruby>れんしゅう<rt></rt></ruby>
練習

注意し<ruby>ちゅうい<rt></rt></ruby>

注意

掃除し<ruby>そうじ<rt></rt></ruby>
打掃

準備し<ruby>じゅんび<rt></rt></ruby>

準備

完成させ<ruby>かんせい<rt></rt></ruby>
完成

我慢し<ruby>がまん<rt></rt></ruby>

忍耐

なければ
（＝なきゃ）
なくては
（＝なくちゃ）

なりません。

ならない。

いけません。
いけない。

だめです。
だめだ。

ないと。
不〜的話〜不行；必須〜。

大河（おおかわ）：
やばい！もうこんな時間（じかん）！
早（はや）くしないとまた遅刻（ちこく）しちゃう。

糟糕！這麼晚了！不快點又要遲到了。

五十嵐（いがらし）：急（いそ）がなくちゃ！まだ準備（じゅんび）できてないの？

必須趕快！還沒準備好嗎？

大河（おおかわ）：今（いま）着替（きが）えているところだよ！

現在正在換衣服啦！

五十嵐（いがらし）：一体（いったい）昨夜（さくや）は何時（なんじ）まで起（お）きていたの？

昨晚到底幾點睡呀？

大河：今日試験があるから、2時まで勉強してて起きられなかったんだ。

今天有考試，所以念到 2 點才會起不來。

五十嵐：まったく！また徹夜したんだね。しょうがないなぁ。朝大事な会議があって、8時前に着かなきゃいけないから、先に行くね。

真是的！又熬夜了。拿你沒輒。我早上因為有重要的會議，8 點前必須到，所以我先出門囉！

大河：いってらっしゃい！

慢走！

日語輕鬆説 ▶▶▶　　　　　　　　　🔊 MP3 61

- （氷・山葵・胡椒・砂糖）を入れないでください。

請不要放（冰塊・芥末・胡椒・砂糖）。

- （笑わ・驚かさ・泣か・聞か・無くさ・起こさ・怒ら・触ら・見・忘れ・遅れ・諦め・心配し・邪魔し・遠慮し）ないで。

別（笑・嚇人・哭・問・弄丟・吵醒・生氣・摸・看・忘了・遲到・放棄・擔心・妨礙・客氣）。

- ぶつぶつ言わないで！　　　　　　　　別碎碎念了！

- （銀行・病院）へ行かなくてもいい。　可以不用去（銀行・醫院）。

- 薬を飲まなくてもいい。　可以不用吃藥。

- この本は返さなくてもいい。　這本書可以不用還。

- 辞書は買わなくてもいい。　可以不用買字典。

- この店は予約しなくてもいいです。　這家店可以不用預約。

- 明日来なくてもいいです。　明天可以不用來。

- 今日でなくてもいいです。　可以不用今天。

- 経験者でなくてもいいです。　沒有經驗的人也可以。

- 今から寝るところだ。　現在正要睡覺。

- これから出かけるところだ。　現在正要出門。

- 今、帰って来たところだ。　現在剛到家。

- 今、食事が終わったところです。　現在剛用完餐。

- 今、晩御飯を食べているところです。　現在正在吃飯。

- 仕事を探しているところです。　正在找工作。

翻譯寫寫看 ▶▶▶

1. 每天必須吃這個藥。

_____

2. 這支手機很貴，所以請不要買！

_____

3. 明天有考試，所以今晚又必須熬夜了。

_____

4. 下午必須還老師這把雨傘。

_____

5. 因為還有時間，所以不用趕。（急ぐ・いそ）

_____

また騙されました。
だま

又被騙了。

文法時間 ▶▶▶ 被動　　　　🔊 MP3 62

01.

 言わ
い
説

 使わ
つか
用

誘わ
さそ
邀約

 騙さ
だま
騙

頼ま
たの
拜託

 触ら
さわ
摸

 知ら
し
知道

笑わ
わら
笑

思わ
おも
認為

聞か
き
問

呼ば
よ
叫

盗ま
ぬす
偷

叱ら
しか
罵

れました。
被〜了。

み
見
看到

か
借り
借

02.

ほ
褒め
讚美

いじ
虐め
欺負

た
食べ
吃

られました。
被〜了。

ご かい
誤解
誤會

しょうたい
招待
招待

03.

ちゅう い
注意
注意

しつもん
質問
質問

ちゅうもく
注目
注目

されました。
被〜了。

落合： 隆からまたデートに誘われたけど、今度は断るつもりなの。

隆又約我了，不過這次打算拒絕他。

安室： えっ？彼のこと好きじゃないの？

蛤？你不喜歡他？

落合： ええ、好きじゃないわ。

嗯，不喜歡。

安室： どうして？イケメンだし、素敵じゃない？

為什麼？又帥又棒不是嗎？

落合：彼、すごい自己中なのよ。

他是個很自私的人啊！

安室：本当に信じられないわ。でもあなたに断られたら、かわいそうだと思うけどね。

真是不敢相信啊！不過被你拒絕，覺得他好可憐喔！

日語輕鬆説 ▶▶▶

- よく言われる。　　　　　　　　　　大家都這麼説。

- どうするつもりですか。　　　　　　你有什麼打算呢？

- 明日からダイエットするつもりだ。　打算從明天開始減肥。

- 来週仕事を辞めるつもりです。　　　打算下星期辭掉工作。

- 卒業したら、日本へ留学に行くつもりです。

  畢業之後，打算去日本留學。

- そのつもりはない。　　　　　　　　沒那打算。

- 高いから、買うつもりはありません。　太貴了，所以沒打算買。

- 彼は真面目だし、熱心だし、いい人だと思います。

  他很認真又很熱心，我覺得是一個不錯的人。

- 彼は親切だし、イケメンだし、素敵な人です。

  他很親切,又是帥哥,是很棒的人。

- 日本へ旅行に行きたいが時間もないし、お金もない。

  想去日本旅行,但沒時間也沒錢。

- あの店は美味しいし、安いし、静かです。

  那家店好吃、便宜、又安靜。

翻譯寫寫看 ▶▶▶

1. 昨晚,錢包在百貨公司被偷了。

_____

2. 被老師認為我的日語很厲害。

_____

3. 暑假打算去日本旅行。

_____

4. 昨天又被爸爸罵了。

_____

5. 她又被騙了,好可憐。

_____

6. 那家店難吃,又貴,又吵。

_____

第二十課 だいにじゅっか 試着 しちゃく してみてもいいですか。
可以試穿看看嗎？

文法時間 ▶▶▶ **音便**

01.

 買 か っ
買

 誘 さそ っ
邀請

 聞 き い
問

 話 はな し
談

 試 ため し
試

 売 う っ
賣

 見 み
見

 食 た べ
吃

 予約 よやく し
預約

 使 つか っ
用

 行 い っ
去

 書 か い
寫

 探 さが し
找

 作 つく っ
做

 触 さわ っ
摸

 着 き
穿

 修理 しゅうり し
修理

 試着 しちゃく し
試穿

てみ

ます。
看看。

てもいいです。
可以～看看。

たいです。
想～看看。

02.

遊ん（あそ）
玩

飲ん（の）
喝

住ん（す）
住

頼ん（たの）
拜託

で　み

ます。
看看。

てもいいです。
可以～看看。

たいです。
想～看看。

店員： いらっしゃいませ！何かお探しですか。

歡迎光臨！有要找什麼嗎？

小山： 黒いスーツを探しているのですが。

我正在找黑色的套裝……。

店員： スーツなら、こちらでございます。

套裝的話，這邊。

小山： これはよさそうですね。私に合うサイズはありますか。

這件看起來不錯的樣子耶。有適合我的尺寸嗎？

20 試着してみてもいいですか。

店員： はい、こちらは、いかがでしょうか。

有的，這件如何呢？

小山： 試着してみてもいいですか。

可以試穿看看嗎？

店員： はい、こちらへどうぞ。

可以，這邊請。

小山： 私には小さ過ぎるので、もっと大きいのはありますか。

對我來說太小了，所以有更大的尺寸嗎？

店員： 申し訳ございません。これが最後の一着になります。

很抱歉。這是最後一件了。

小山： そうですか。気に入ったのに、残念です。

這樣啊。我那麼喜歡卻（沒有我的尺寸），好可惜喔！

- （きつ・緩・長・短・高・派手・地味・遠・近・早・遅・難し・酷・忙し・辛・甘・硬）すぎる。

  太（緊・鬆・長・短・貴・花俏・樸素・遠・近・早・晚・難・過分・忙・辣・甜；天真・硬）。

- （買い・食べ・飲み・考え）すぎ。　　　（買・吃・喝・想）太多。

- （言い・やり）すぎ。　　　　　　　　（説・做）得太過分。

- ただ見ているだけです。　　　　　　　只是看看。

- これを見せて下さい。　　　　　　　　請讓我看一下這個。

- 違う色はありますか。　　　　　　　　有不同顏色的嗎？

- もっと安いのはありませんか。　　　　沒有更便宜的嗎？

- 割引はできますか。　　　　　　　　　能打折嗎？

- 洗濯機で洗えますか。　　　　　　　　能用洗衣機洗嗎？

- 少し安くしてくれませんか。　　　　　可以算我便宜一點嗎？

- 予算オーバーです。　　　　　　　　　超出預算。

- お買い得ですね。　　　　　　　　　　很划算耶。

翻譯寫寫看 ▶▶▶

1. 那家有名的餐廳，一直想去吃看看。

_____

2. 在日本，想穿和服看看。（着物<ruby>きもの</ruby>）

_____

3. 這件衣服看起來不錯的樣子耶，可以摸看看嗎？

_____

4. 暑假，想和同事一起去日本旅行。

_____

5. 對我來説太貴了。有更便宜的嗎？

_____

6. 昨晚喝酒喝太多，所以早上起不來。

_____

lesson 21

第二十一課 | 教えてくれますか。

可以教我嗎？

文法時間 ▶▶▶ 授受動詞

◀〉MP3 68

01.

① このネクタイは明日彼氏にあげます。

這條領帶明天要給男朋友。

② 母の日に母にマフラーをあげたいです。

母親節想送媽媽圍巾。

③ もしこの文法が分からなかったら、教えてあげます。

如果這個文法不懂的話，我教你。

④ 息子に新しい携帯を買ってあげるつもりはありません。

我沒打算買新的手機給兒子。

02.

① このセーターは井上さんがくれました。

這件毛衣是井上小姐給我的。

② 去年父は私に車を買ってくれました。

去年爸爸買了車子給我。

③ この使い方が分からないので、教えてくれませんか。

這個用法我不懂，所以可不可以教我呢？

④ 昨夜、三島さんが車で駅まで送ってくれました。

昨晚，三島先生開車送我到車站。

① この指輪は佐藤さんからもらいました。

這個戒指是佐藤先生送的。

② 私は赤木さんに先生の電話番号を教えてもらいました。

老師的電話號碼是請赤木同學告訴我的。

03.

③ 私は杉山さんに金閣寺へ連れて行ってもらいました。

我請杉山先生帶我去金閣寺了。

④ クラスメイトに傘を貸してもらいました。
＝クラスメイトが私に傘を貸してくれました。

從同學那邊借到雨傘了。＝ 同學借我雨傘了。

李_り：すき焼_やきを食_たべたことはありますか。

吃過壽喜燒嗎？

葉_{よう}：ええ、この前_{まえ}藤田_{ふじた}さんに作_{つく}ってもらいました。とても美味_{おい}しかったです。

嗯，之前藤田小姐有做給我吃了。非常好吃。

李_り：私_{わたし}も一度_{いちど}食_たべてみたいです。

我也想吃一次看看。

葉：井上さんが作り方を教えてくれたので、今度家へ遊びに来た時、作ってあげますよ。

作法井上小姐有教過我，所以下次來我們家玩時，我做給你吃喔。

李：本当ですか。嬉しいです。楽しみにしています。

真的嗎？太高興了。好期待。

• 授業をサボっ

　有翹課過。

• 宝くじが当たっ

　有中過樂透。

• 友達にお金を借り

　有跟朋友借過錢。

• 彼氏の前で泣い

　有在男朋友面前哭過。

• （飛行機・新幹線）に乗っ

　有搭過（飛機・新幹線）。

たことがあります。

- （刺身・河豚）を食べ　　　たことがあります。

  有吃過（生魚片・河豚）。

- 日本に住ん

  沒有住過日本。　　　　　　　だことはありません。

- 日本酒を飲ん

  沒有喝過日本酒。

- 日本語がそんなに面白いとは思ったことはありません。

  沒想過日語那麼有趣。

翻譯寫寫看 ▶▶▶

1. 父親節想送爸爸領帶。

_____

2. 可以買手機給我嗎？

_____

3. 這個包包是男朋友送的。

_____

4. 我的雨傘借給朋友了。

_____

5. 我沒有去過日本，所以想去看看。

_____

早寝早起きした方がいいです。
はや ね はや お ほう

早睡早起比較好。

文法時間 ▶▶▶ 比較

🔊 MP3 71

01.

安い
やす
便宜的

新しい
あたら
新的

日本製の
に ほんせい
日本製的

今すぐ決めない
いま き
不要現在馬上決定

無理しない
む り
不要勉強

徹夜しない
てつ や
不要熬夜

タバコを吸わない
す
不要抽菸

買わない
か
不要買

聞かない
き
不要問

信じない
しん
不要相信

先生に聞いた
せんせい き
問老師

早めに行った
はや い
早點去

すぐ病院へ行った
びょういん い
馬上去醫院

早く帰った
はや かえ
快點回家

この薬を飲んだ
くすり の
吃這個藥

ゆっくり休んだ
やす
好好休息

方がいいです。
ほう

比較好。

114

（タバコ・お酒_{さけ}）を止_やめた

戒（菸・酒）

01.

健康_{けんこう}のために、早寝早起_{はやねはやお}きした

為了健康，早睡早起

方_{ほう}がいいです。

比較好。

（ダイエット・注意_{ちゅうい}・運動_{うんどう}）した

（減肥・注意・運動）

中野（なかの）：すみませんが、池袋（いけぶくろ）へは、どう行（い）ったらいいですか。

不好意思，池袋怎麼去比較好呢？

山口（やまぐち）：池袋（いけぶくろ）ですか。ここから歩（ある）いて行（い）くならとても遠（とお）いですよ。電車（でんしゃ）で行（い）ったほうが早（はや）いです。

池袋嗎？從這裡走路去的話非常遠喔！搭電車去比較快。

中野（なかの）：何番線（なんばんせん）の電車（でんしゃ）に乗（の）ったらいいでしょうか。

搭幾號線的電車好呢？

山口（やまぐち）：1番線（いちばんせん）ですよ。でも、新宿（しんじゅく）で乗（の）り換（か）えが必要（ひつよう）です。

1號線喔！不過，必須在新宿換車。

中野：はい、分かりました。どうもありがとうございます。

是，我知道了。非常謝謝。

山口：新宿で分からないことがあったら、駅員に聞いてもいいですよ。

在新宿若有不懂的話，也可以問站務員喔。

日語輕鬆說 ▶▶▶

◀ MP3 73

• 出かけるなら、傘を持った方がいいよ。

　要出門的話，帶把傘比較好喔。

• 運転するなら、お酒を飲まないで。

　要開車的話，請不要喝酒。

• 雨なら、試合は（中止・延期）でしょう。

　下雨的話，比賽會（取消・延期）吧！

• あなたなら、絶対大丈夫だ。　　　　　你的話，絕對沒問題。

• 嫌いなら、食べなくてもいい。　　　　不喜歡的話，不吃也沒關係。

• 突然（笑い・泣き）出した。　　　　　突然（笑・哭）出來了。

• 突然思い出した。　　　　　　　　　　突然想起來了。

117

- 彼はただの知り合いだ。　　　　　　　　他只是個認識的人而已。

- 二人は付き合っているらしい。　　　　　兩個人好像正在交往。

- 落ち込んでいる。　　　　　　　　　　　心情沮喪。

- 持ち帰りです。　　　　　　　　　　　　帶走。

- （太り・車に酔い・滑り・腐り・疲れ・忘れ）やすい。

  容易（胖・暈車・滑倒・腐壞・累・忘）。

- （書き・使い・覚え）やすいです。　好（寫・用・記）。

- （書き・使い・分かり・説明し・痩せ・忘れ・覚え・見）にくい。

  難（寫・用・懂・説明・痩・忘・記・看）。

- 言いにくい。　　　　　　　　　　　　　難以啟齒。

翻譯寫寫看 ▶▶▶

1. 不要去這家醫院比較好。

_____

2. 日本製的比較貴。

_____

3. 學日語比較有趣。

_____

4. 要喝酒的話，請不要開車。

_____

5. 今天我可以早點回家嗎？

_____

あの眼鏡をかけている人は誰ですか。
めがね　　　　　　　　ひと　だれ

那位戴眼鏡的人是誰呢？

文法時間 ▶▶▶ 動詞＋名詞

🔊 MP3 74

01.

① 来週日本へ出張に行く人は宮沢さんだけです。
らいしゅう に ほん　しゅっちょう　い　ひと　みやざわ

下星期去日本出差的人只有宮澤先生而已。

② 明日彼女と一緒に見る映画はとても怖いそうです。
あした かのじょ　いっしょ　み　えい が　　　　　　こわ

明天和女朋友一起要看的電影聽説非常恐怖。

③ あそこにいる人は弟です。
ひと　おとうと

在那邊的人是我弟弟。

④ 最近忙しくて、テレビを見る時間がありません。
さいきんいそが　　　　　　　　　み　じ かん

最近忙，所以沒時間看電視。

02.

① 今持っている財布は彼氏からもらいました。
いま も　　　　　さい ふ　　かれ し

現在拿的錢包是男朋友送的。

② あそこで青い服を着ている方は日本語の先生です。
あお ふく き　　　　　かた　に ほん ご　せんせい

在那邊穿藍色衣服的人是日語老師。

③ 教室でご飯を食べている人は藤岡さんです。
きょうしつ　はん　た　　　　　ひと　ふじおか

在教室正在吃飯的人是藤岡同學。

④ あの眼鏡をかけている人は誰ですか。
めがね　　　　　　　　ひと　だれ

那位戴眼鏡的人是誰呢？

⑤ あそこでコーヒーを飲んでいる人は知らない人です。

在那邊正在喝咖啡的人是不認識的人。

① 昨夜行ったレストランはとても美味しかったです。

昨晚去的餐廳非常好吃。

② 昨日見たドラマはとても面白かったです。

昨天看的連續劇非常好看。

③ これは昨夜デパートで買った服です。

這件是昨晚在百貨公司買的衣服。

03.

④ これは友達にもらった誕生日プレゼントです。

這個是朋友送的生日禮物。

⑤ これは誰が買って来たお菓子ですか。

這個是誰買來的點心呢？

23
あの眼鏡をかけている人は誰ですか。

野原（のはら）：これ、新（あたら）しい時計（とけい）ですか。素敵（すてき）ですね。どこで買（か）いましたか。

這個，是新的手錶嗎？好漂亮啊！在哪買的呢？

古嶋（こじま）：いいえ、彼（かれ）からもらった誕生日（たんじょうび）プレゼントです。

不是，是男朋友送的生日禮物。

野原（のはら）：いいですね。羨（うらや）ましいです。

真好。好羨慕。

古嶋（こじま）：野原（のはら）さんは誕生日（たんじょうび）に何（なに）をもらいたいですか。

野原先生生日想收到什麼呢？

野原：今、持っている携帯が古いので、新しい携帯をもらいたいです。

我現在拿的手機很舊，所以想收到新手機。

古嶋：そうですか。自分で買ったほうが早いと思います。

是嗎？我覺得自己買比較快吧！

日語輕鬆説 ▶▶▶

• いつも学校の図書館で勉強します。　　我都在學校的圖書館念書。

• どこで待ち合わせますか。　　要在哪裡會合呢？

• 昨夜デパートで友達に会いました。　　昨晚在百貨公司遇到朋友了。

• 昨日食べたケーキはこの店で買いましたよ。

昨天吃的蛋糕是在這家店買的喔。

• 車を持っていません。　　我沒有車子。

• 今日はお金を持っていません。　　今天沒帶錢。

• 彼の肩を持ちます。　　我支持他。

• これは長持ちです。　　這個可以保存很久。

• 体が持たないです。　　　　　　　身體撐不住。

• ついでに持って来て下さい。　　　請你順便帶過來。

1. 昨天在百貨公司買的衣服有點大。

_____

2. 我現在拿的手機是男朋友送的。

_____

3. 最近忙，所以沒時間去買東西。

_____

4. 下午，請你順便帶雨傘過來。

_____

5. 這副新的眼鏡是在百貨公司買的。

_____

lesson
24
だい に じゅうよん か
第二十四課
に ど おく
二度と遅れるな。
別再遲到了。

24
に ど おく
二度と遅れるな。

文法時間 ▶▶▶ **禁止**

🔊 MP3 77

01.

い
行く
去

な
泣く
哭

き
聞く
問

の
飲む
喝

か
買う
買

かって つか
勝手に使う
亂用

い
言う
說

わら
笑う
笑

はな
話す
講

な
無くす
弄丟

さわ
触る
碰

はい
入る
進去

み
見る
看

た
食べる
吃

ま
負ける
輸

ね
寝る
睡

な。
別～。

忘_{わす}れる
忘了

 遅_{おく}れる
遅到

01.

  諦_{あきら}める
放棄

 勝手_{かって}に決_きめる
亂決定

 開_あける
開

 来_くる
來

な。
別〜。

 無理_{むり}
勉強

 無視_{むし}
無視，漠視，不理

02.

  心配_{しんぱい}
擔心

 遅刻_{ちこく}
遅到

アップロード
上傳

ダウンロード
下載

するな。
別〜。

前田： ごめん。渋滞で遅くなっちゃって。すまない。

抱歉～！因塞車遲到了。對不起！

村上： 言い訳するなよ！

別找藉口了！

前田： 言い訳じゃないよ。本当だよ。信じてくれよ！

不是藉口啊！真的啦！相信我啦！

村上： 約束の時、いつも遅れるよね。

每次跟你約都遲到吧！

前田： この近くに美味しいレストランがあるから、ごちそうするよ。

這附近有一家很好吃的餐廳，我請客。

村上： 話を逸らすなよ。

別岔開話題！

前田： 怒るなよ。さあ、行こう！

別生氣啦。走吧！

村上： 実はさ、私も寝坊して、今来たばかりなんだ！

其實我也睡過頭，現在才剛到！

日語輕鬆説 ▶▶▶　　　　　　　　　　　　　🔊 MP3 79

• 今朝（事故・渋滞）で仕事に遅れました。

今天早上因為（車禍・塞車）而上班遲到了。

• 昨日病気で学校を休みました。　　　　昨天因為生病而沒去學校。

• 嘘ばかり！　　　　　　　　　　　　胡説八道！

• （男・女）ばかりです。　　　　　　全都是（男的・女的）。

• 帰ってきたばかりです。　　　　　　剛回到家。

128

- 食べたばかりです。　　　　　　　　剛吃過。

- 日本に着いたばかりです。　　　　　剛到日本。

- これは買ったばかりの財布です。　　這個是剛買的錢包。

- お風呂に入ったばかり。　　　　　　剛洗完澡。

- 寝てばかりいないで、早く起きなさい！　別老是睡覺，趕快起床！

- 遊んでばかりいないで、早く勉強しなさい！

別光玩，趕快念書！

翻譯寫寫看 ▶▶▶

1. 這附近有新的餐廳，所以想去吃看看。

_____

2. 別忘了明天爸爸的生日！

_____

3. 已經不是小孩了，別哭！

_____

4. 明天有考試，所以別睡過頭！

_____

5. 今天早上因為塞車而上課遲到了。

_____

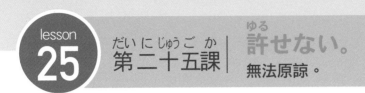

lesson 25

第二十五課 だいにじゅうごか | 許せない。 ゆる
無法原諒。

文法時間 ▶▶▶ 能力句①

🔊 MP3 80

01.

 買え か
買

 会え あ
見面

 言え い
説

 洗濯機で洗え せんたくき あら
用洗衣機洗

 書け か
寫

 歩け ある
走

 行け い
去

 帰れ かえ
回家

 話せ はな
説

 許せ ゆる
原諒

 選べ えら
選擇

 休め やす
休息

飲め の
喝

 使え つか
用

る。（肯定常體）
能～。

ます。（肯定敬體）
能～。

ない。（否定常體）
不能～。

ません。（否定敬體）
不能～。

㉕ 許せない。

桑原（くわはら）：仕事が終わったら、飲みに行かない？

工作結束後，要不要去喝一杯？

野田（のだ）：行きたいけど、今日は飲めないの。

好想去，但今天不能喝。

桑原（くわはら）：どうしたの？具合でも悪いの？

怎麼了？身體有不舒服嗎？

野田（のだ）：いいえ、明日、朝から大事な会議があるの。

不是的，明天，一大早有重要的會議。

桑原：それは残念。じゃあ、明日一緒に夕食でもどう？

那好可惜喔！那麼，明天一起吃個晚餐如何？

野田：勿論いいわ。何時だったら都合がいい？

當然好啊！幾點的話方便呢？

桑原：6時以降だったら何時でもいいよ。

6點以後的話，幾點都可以喔。

日語輕鬆說 ▶▶▶　　　　　　　　　　　　　　　🔊 MP3 82

- よかったら、明日家へ遊びに来てよ。　可以的話，明天來我家玩啦！

- 高かったら、買いたくない。　　　　　　貴的話，我不想買。

- 日曜日、天気が悪かったら、行けない。

　星期天，若天氣不好的話，就不能去了。

- いい天気だったら、富士山が見える。

　天氣好的話，可以看得到富士山。

- 金曜日が駄目だったら、土曜日でもいい。

　星期五不行的話，星期六也可以。

- お金があっ**たら**、こんな車が買えるね。

  有錢的話，就買得起這樣的車子了呢。

- 疲れ**たら**、ちょっと休みましょう。　　累的話，休息一下吧！

- 日本に着い**たら**、電話をください。　　到日本之後，請打電話給我。

- 明日雨が降っ**たら**、どうする？　　明天下雨的話，怎麼辦？

- 子供**でも**知ってるよ。　　連小孩都知道喔。

翻譯寫寫看 ▶▶▶

1. 下課後，要不要一起去吃飯？

   _____

2. 喝了酒後，請不要開車。

   _____

3. 暑假的話，就能去旅行了。

   _____

4. 這支手錶非常貴，買不起呀！

   _____

5. 想睡的話，來杯咖啡如何？（眠い）

   _____

今すぐ決められません。
いま   き
現在無法馬上決定。

文法時間 ▶▶▶ 能力句②

🔊 MP3 83

01.

み
見
看

お
起き
起床

た
食べ
吃

ね
寝
睡覺

変え
か
改變

き
決め
決定

られ

る。（肯定常體）
ます。（肯定敬體）
ない。（否定常體）
ません。（否定敬體）

02.

せんたく
⓪ 選択
選擇

けっこん
⓪ 結婚
結婚

れんらく
⓪ 連絡
聯絡

かくにん
⓪ 確認
確認

しゅうり
① 修理
修理

りょうり
① 料理
烹飪

あんしん
⓪ 安心
安心

かいけつ
⓪ 解決
解決

でき

る。（肯定常體）
能～。

ます。（肯定敬體）
能～。

ない。（否定常體）
不能～。

ません。（否定敬體）
不能～。

02.

0 予約
よやく
預約

0 延期
えんき
延期

る。（肯定常體）
能～。

0 運転
うんてん
開車

0 値引き
ねび
打折

でき

ます。（肯定敬體）
能～。

0 遅刻
ちこく
遲到

0 卒業
そつぎょう
畢業

ない。（否定常體）
不能～。

ません。（否定敬體）
不能～。

吉田（よしだ）：何（なに）が食（た）べたいですか。

想吃什麼？

大山（おおやま）：今日（きょう）はなんか、無性（むしょう）にエスニック料理（りょうり）が食（た）べたいです。タイ料理（りょうり）とか。タイ料理（りょうり）を食（た）べたことがありますか。

今天不知怎麼了，非常想吃異國料理。比如泰國料理之類的。有吃過泰國料理嗎？

吉田（よしだ）：いいえ、ありません。辛（から）い物（もの）は苦手（にがて）です。

不，沒有。我怕吃辣。

大山（おおやま）：そうですか。

這樣啊！

吉田： 大山さんは何か食べられない物はありますか。

大山先生有什麼不敢吃的東西嗎？

大山： 生物以外なら、何でも食べられます。

除了生的東西之外的話，什麼都能吃。

吉田： じゃ、中華料理はどうですか。

那麼，中國料理如何呢？

大山： いいですね。どこか安くて美味しい中華料理屋さんを知っていますか。

你知道哪裡有便宜又好吃的中國料理店嗎？

吉田： 知らないので、ググってみましょう。

不知道，Google 搜尋看看吧！

大山： それはいいですね。

好啊！

- よくできました。　　　　　　　　　　　做得好！

- 準備ができました。　　　　　　　　　　準備好了。

- 今日新しい友達ができました。　　　　　今天交了新朋友。

- 駅の前に新しいデパートができました。

  車站前開了新的百貨公司。

- このレストランはネットで予約できる。

  這家餐廳可以用網路預約。

- 何かあったの？　　　　　　　　　　　　有發生什麼事了嗎？

- 何か見たい映画はありますか。　　　　　有想看什麼電影嗎？

- 今度の日曜日、どこかへ行きますか。

  這星期日，有要去哪裡嗎？

- いつかまた会いましょう。　　　　　　　哪天再見個面吧！

- いつか絶対成功してみせます。　　　　　總有一天絕對會成功給你們看。

- いつか後悔するよ。　　　　　　　　　　總有一天會後悔喔。

- 昨夜誰か来た？　　　　　　　　　　　　昨晚有誰來嗎？

- 土曜日なら、大丈夫です。　　　　　　　星期六的話，沒問題。

- 簡単な料理なら、勿論作れますよ。　　簡單的料理的話，當然會做啊。

- 台風なら、出かけられません。　　颱風的話，就無法出門了。

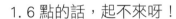

翻譯寫寫看　▶▶▶

1. 6 點的話，起不來呀！

_____

2. 這部車子非常舊，所以無法修理。

_____

3. 有想買什麼東西嗎？

_____

4. 星期日的話，幾點都可以。

_____

5. 簡單日語的話，當然會説啊。

_____

食べれば分かります。
吃了就知道。

文法時間 ▶▶▶ 假定句　　　　　　　　　　　　　🔊 MP3 86

01.

① 天気がよければ、（買い物・散歩）に行きたいです。

天氣不錯的話，想去（買東西・散步）。

② 値段が安ければ、買います。

價格便宜的話，我就買。

③ 高ければ、買いたくないです。

貴的話，不想買。

④ 給料は多ければ多いほどいいです。

薪水越多越好。

02.

① 暇ならば、この映画が見たいです。

有空的話，想看這部電影。

② 面倒ならば、やりません。

麻煩的話，就不做了。

③ 学生ならば、安くしますよ。

學生的話，算你便宜喔。

④ 新鮮ならば新鮮なほどいいです。

越新鮮越好。

① あなたが行けば、私も行きます。

＝あなたが行かなければ、私も行きません。

你去的話，我也去。

② （使え・行け・飲め・食べれ・見れ）ば、分かります。

（用・去・喝・吃・看）了就知道。

03.

③ たくさん食べれば、太ります。

吃多的話會胖。

④ この小説は読めば読むほどおもしろいです。

這本小説越看越有趣。

① 毎日運動すればダイエット効果があります。

每天運動的話，會有減肥的效果。

② 毎日練習すれば上手になります。

每天練習的話，就會厲害了。

04.

③ 説明すればするほど、分からなくなります。

越説明越不懂。

① 明日来れば、皆勤賞です。

明天來的話，就有全勤獎。

05.

② 主人が来れば、すべて解決してくれます。

老公來的話，全部會幫我解決。

坂井(さかい)：どうしましたか。顔色(かおいろ)が悪(わる)いですね。どこか具合(ぐあい)でも悪(わる)いんですか。

怎麼了？臉色不太好喔！有哪裡不舒服嗎？

木下(きのした)：ちょっと寒気(さむけ)がするんです。

有點發冷。

坂井(さかい)：もし熱(ねつ)が出(で)たら、明日(あした)の旅行(りょこう)には行(い)けませんね。

如果發燒的話，明天的旅行就不能去了耶！

木下(きのした)：本当(ほんとう)についてないな。

真是運氣不佳啊。

坂井： この風邪薬を飲めば、よくなると思いますよ。

我覺得吃這個感冒藥的話，就會好了喔！

木下： この薬はどうやって飲めばいいですか。

這個藥怎麼吃好呢？

坂井： 一日に三回、食後に飲んでください。
今晩はお風呂には入らないで、早く寝てくださいね。

一天三次，請飯後吃。今晚別洗澡，請早點睡喔。

木下： 分かりました。

知道了。

坂井： お大事に。

請保重。

27 食べれば分かります。

* 目眩（めまい）がする。　　　　　　　　　暈眩。

* 寒気（さむけ）がする。　　　　　　　　　覺得冷。

* 吐（は）き気（け）がする。　　　　　　　感覺想吐。

* いい匂（にお）いがする。　　　　　　　　好香。

* 変（へん）な（匂（にお）い・音（おと））がする。　　有怪（味道・聲音）。

* 彼（かれ）は今日（きょう）来（こ）ない気（き）がする。　　我覺得他今天不會來。

* どこかで会（あ）ったような気（き）がする。　　好像在哪見過面。

* 時間（じかん）があれば、あちこち旅行（りょこう）したい。　有時間的話，想四處旅行。

* 縁（えん）があれば、いつかまた会（あ）えると思（おも）う。

　我認為有緣的話，哪一天還會再見面的。

* できれば、禁煙席（きんえんせき）がいいんですが……。

　可以的話，想要禁菸區……。

* どうやって（知（し）り合（あ）った・書（か）く・作（つく）る・行（い）く・食（た）べる・飲（の）む・使（つか）う・開（あ）ける・遊（あそ）ぶ・予約（よやく）する・連絡（れんらく）する）んですか。

　怎麼（認識的・寫・做・去・吃・喝・用・開・玩・預約・聯絡）？

- 今朝（お金・ケータイ）を持たないで学校へ行きました。

今天早上沒帶（錢・手機）就去學校了。

- 財布を持たないで出かけました。　今天沒帶錢包就出門了。

- テレビを消さないで寝ちゃった。　看電視看到睡著了。

翻譯寫寫看 ▶▶▶

1. 越便宜越好。

_____

2. 這杯咖啡越喝越好喝。

_____

3. 有錢的話，想買車子。

_____

4. 這家餐廳要怎麼預約呢？

_____

5. 今天早上沒吃早餐就去公司了。

_____

だい に じゅうはっか
第二十八課 | 日本へ留学に行こうと思っています。

想去日本留學。

文法時間 ▶▶▶ 慫恿、邀約、念頭

◀ MP3 89

01.

① 早く帰ろう。

快回家吧！

② 一緒に遊ぼうよ。

一起玩吧！

③ もう一杯飲もう！

再喝一杯吧！

④ 将来医者になろうと思っている。

將來想當醫生。

⑤ お風呂に入ろうとした時、友達が来た。

正要洗澡的時候，朋友來了。

02.

① 今日は疲れたから、早く寝ようと思います。

今天很累，所以想要早點睡。

② 今の仕事をやめようと思っています。

我想辭掉現在的工作。

③ 晩御飯はラーメンを食べようと思っています。

晚餐打算吃拉麵。

03.

① 土曜日の午後部屋を掃除しよう。

星期六的下午來打掃房間吧！

② 留学しようと思っています。

想要留學。

③ また遊びに来ようね。

還要來玩喔！

小泉：
お腹が空いた。何か食べたいな。

肚子好餓！好想吃點什麼東西喔！

金田：
私は夏バテのせいで、あまり食欲がないな。

我因為中暑，沒什麼食慾啊。

小泉：
冷蔵庫の中を見てみよう！ダイエットしているから、昨夜の残りを少しだけ食べよう！

我來看看冰箱吧！我正在減肥，所以就只吃一些昨晚剩的菜吧！

金田： 本気でダイエットしているんだね。感心する。私は
ちょっと疲れたから、先にお風呂に入ろうかな。

你真的在減肥呀！真是佩服！我有點累，所以我先來洗
澡好了！

日語輕鬆説 ▶▶▶　　　　　　　　　　　　　　🔊 MP3 91

- 誰のせいでもない。　　　　　　　　也不是誰的錯。

- 人のせいにしないでよ。　　　　　　別怪到別人身上啦。

- それは私のせいじゃないよ。　　　　那不是我的錯喔。

- 気のせいかなあ。　　　　　　　　　是我神經質了嗎？

- 眠れなかったせいか頭が痛い。　　　可能是沒睡好吧？頭好痛。

- 台風のせいで、試合は中止になった。因為颱風，比賽中止了。

- 今雨が降っている。　　　　　　　　現在正在下雨。

- 毎日 10 時に寝ている。　　　　　　每天 10 點睡覺。

- あの時計は壊れている。　　　　　　那個時鐘壞了。

- ほとんど外食している。　　　　　　幾乎都是外食。

- もう（結婚・離婚）している。　　　已經（結婚・離婚）了。

1. 暑假想去日本旅行。

_____

2. 下星期想買新的手機。

_____

3. 休息一下吧！

_____

4. 想和男朋友一起看這部電影。

_____

5. 進大學後，想學日語。

_____

lesson 29

だい に じゅうきゅう か
第二十九課

この映画はとても面白いそうです。
聽説這部電影很好看。

文法時間 ▶▶▶ 傳聞

◀€ MP3 92

01.

① この映画はとても面白いそうだ。

聽説這部電影很好看。

② 今度の台風はとても強いそうだ。

聽説這次的颱風很強。

③ あのレストランは日曜日でも人がそんなに多くないそうだ。

聽説那家餐廳星期日也人不會那麼多。

02.

① この歌手は日本で有名だそうです。

聽説這位歌手在日本很有名。

② 彼は日本語が上手だそうです。

聽説他的日語很好。

③ 彼女はまだ大学生だそうだ。

聽説她還是大學生。

① 天気予報によると、明日雨が降るそうです。

根據氣象報告，聽説明天會下雨。

② ニュースによると、中国で大きな地震があったそうです。

根據新聞報導，聽説中國發生了大地震。

03.

③ 彼はフランス語を勉強しているそうです。

聽説他正在學法語。

④ 先生は牛肉を食べないそうだ。

聽説老師不吃牛肉。

🔊 MP3 93

辻（つじ）：

今（いま）聞（き）いたんだけど、知（し）ってる？

我剛剛聽到的，你知道嗎？

五十鈴（いすず）：

どうしたの？

怎麼了？

辻（つじ）：

日本語（にほんご）の先生（せんせい）、来週（らいしゅう）帰国（きこく）するそうだよ。

聽說日語老師下星期回國。

五十鈴（いすず）：

えっ？何（なん）で？

啊？為什麼？

153

辻：噂なんだけど、浮気がばれて、奥さんと離婚して、クビになったそうだよ。

雖然是傳聞，聽説老師因外遇被發現，和老婆離婚，而被炒魷魚了喔。

五十鈴：あの先生、浮気をするような人に見えないけどな。ただの噂ならいいけど。

看不出來那位老師是會外遇的人啊。若只是謠言的話就好了。

辻：でも五十鈴さん、嬉しそうに見えるよ。

可是五十鈴同學，看起來好像很開心的樣子喔。

五十鈴：実は、あの先生のことあまり好きじゃないんだ。

其實，我不太喜歡那位老師。

辻：今度来る先生はイケメンだそうだよ。

聽説下次來的老師很帥。

五十鈴：本当？ならよかった！

真的？那樣的話就太好了！

- ホテルの部屋から海が見える。　　　從飯店的房間可以看得到海。

- 若く見える。　　　看起來年輕。

- この服を着ると太く見えるよ。　　　穿這件衣服看起來比較胖喔。

- 老けて見えます。　　　看起來老氣。

- 先生が見えました。　　　老師來了。

- はっきりと見えない。　　　看不清楚。

- 全然50歳には見えません。　　　完全看不出來50歲了。

- 昨日とても暑かった。　　　昨天非常熱。

- 昨夜の地震は怖かったです。　　　昨晚的地震很恐怖。

- 昨日は仕事がなかったので、暇だった。

  昨天沒有工作，所以很閒。

- 彼女は若い時、とても綺麗でした。　　　她年輕的時候，非常漂亮。

1. 聽說這家店很好吃。

_____

2. 聽說日本現在非常冷。

_____

3. 聽說她討厭英文。

_____

4. 聽說他去日本留學了。

_____

5. 那個人看不出來是日本人。

_____

この料理はおいしそうです。

這道菜看起來很好吃的樣子。

文法時間 ▶▶▶ **樣子**

🔊 MP3 95

01.

① 気分が悪そうですね。

看起來不太舒服的樣子呢。

② みな眠そうだね。

大家看起來很想睡的樣子耶。

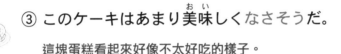

③ このケーキはあまり美味しくなさそうだ。

這塊蛋糕看起來好像不太好吃的樣子。

④ 以前よりよさそうだね。

看起來好像比以前好呢。

02.

① 大変そうだね。手伝おうか。

看起來很吃力喔。我來幫你吧？

② 先生はとても元気そうだね。

老師看起來很有精神的樣子喔。

③ 今日は元気がなさそうだね。

今天看起來沒什麼精神的樣子喔。

④ 真面目そうに勉強しています。

看起來很認真地在看書的樣子。

⑤ 心配（しんぱい）そうな顔（かお）をしている。

看起來好像很擔心的樣子。

① 雨（あめ）が降（ふ）りそうですね。

看起來好像要下雨了耶。

② 携帯（けいたい）が落（お）ちそうだよ。

手機快掉下來了喔。

03.

③ 泣（な）きそうな顔（かお）をしている。

看起來好像要哭了。

④ 雨（あめ）は止（や）みそうもない。

看樣子雨是不會停了。

内田（うちだ）：見（み）て、このレストラン、すごい人（ひと）だね。

你看，這家餐廳，好多人啊！

関口（せきぐち）：本当（ほんとう）だね。高級（こうきゅう）そうだから、きっと高（たか）いよ！

真的耶！看起來很高級的樣子，所以一定很貴啊！

内田（うちだ）：確（たし）かに高（たか）そうだね。

確實看起來很貴的樣子耶。

関口（せきぐち）：入（はい）ってみない？

不進去看看？

内田（うちだ）：冗談（じょうだん）だろう？

你在開玩笑吧？

関口（せきぐち）：冗談（じょうだん）じゃないわよ。偶（たま）には高級（こうきゅう）レストランで食（た）べたいな。

不是跟你開玩笑喔。偶爾也想在高級餐廳吃飯啊！

内田（うちだ）：今日（きょう）はそんなお金（かね）、持（も）ってないよ。今度（こんど）にしようよ！

今天沒帶那麼多錢啦。下次吧！

関口（せきぐち）：いや！クレジットカードがあるじゃない。入（はい）ろう！

不要！不是有信用卡。進去吧！

日語輕鬆説 ▶▶▶　　　　　　　　　　　　　　🔊 MP3 97

- （美味（おい）し・まず・痛（いた）・高（たか）・怖（こわ）・暑（あつ）・寒（さむ）・嬉（うれ）し・悲（かな）し・面白（おもしろ）・難（むずか）し・易（やさ）し・優（やさ）し・忙（いそが）し・暇（ひま）・元気（げんき）・強（つよ）・弱（よわ）・大（おお）き・小（ちい）さ・無（な）さ）そうです。

  看起來（很好吃・很難吃・很痛・很貴・很恐怖・很熱・很冷・很開心・很難過・很有趣・很難・很簡單・很親切・很忙・很閒・很有精神・很強・很弱・很大・很小・沒有）的樣子。

- このケーキは見（み）た目（め）は美味（おい）しそうだが、実際（じっさい）はまずかった。

  這塊蛋糕外表看起來很好吃的樣子，但其實很難吃。

160

- 早く来て。 請快點來。

- 教えて。 請告訴我。

- 牛乳を買って来て。 請買牛奶回來。

- どうぞ座って。 請坐。

- 先に手を洗って。 請先洗手。

- どうぞゆっくり休んで。 請好好休息。

- （どれ・いつ・どこ・誰）にしますか。

   要選（哪個・哪天・哪裡・誰）呢？

- 卒業したら、アメリカに留学に行くことにします。

   畢業之後，決定去美國留學。

- いろいろ迷ったけど、行かないことにします。

   雖然很猶豫，但還是決定不去了。

- ちょっと眠いから、コーヒーにする。 有點想睡，所以我點咖啡。

- 今朝買った野菜をサラダにする。 今天早上買的菜要來做沙拉。

- テレビの音が小さいから、大きくして。

   電視聲音很小，所以請轉大聲點。

- 掃除して、部屋をきれいにした。 打掃把房間弄乾淨了。

1. 這個包包看起來很貴的樣子耶。

_____

2. 這件衣服看起來不錯的樣子，所以想穿看看。

_____

3. 請趕快回家。

_____

4. 沒時間了，所以決定下午不去百貨公司了。

_____

5. 今天早上買的魚要來做生魚片。

_____

ふ ろ く
付録

1 日本地圖與主要城市

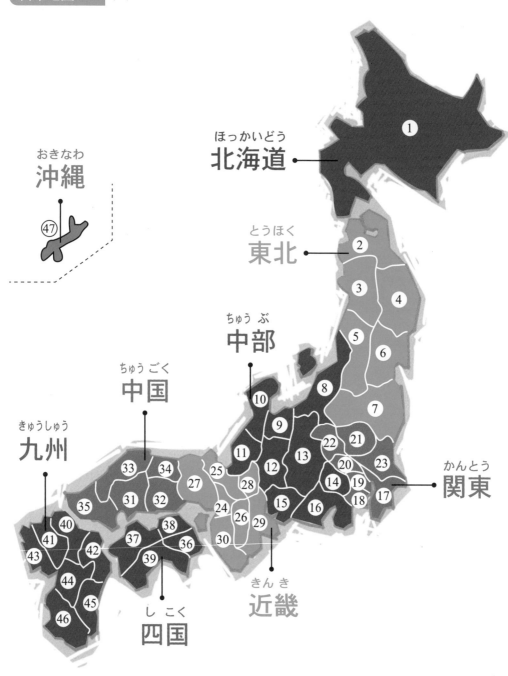

日本地圖　▶▶▶

おきなわ
沖縄

ほっかいどう
北海道

とうほく
東北

ちゅうぶ
中部

ちゅうごく
中国

きゅうしゅう
九州

かんとう
関東

きんき
近畿

しこく
四国

① ほっかいどう 北海道

② あおもりけん 青森県

③ あきたけん 秋田県

④ いわてけん 岩手県

⑤ やまがたけん 山形県

⑥ みやぎけん 宮城県

⑦ ふくしまけん 福島県

⑧ にいがたけん 新潟県

⑨ とやまけん 富山県

⑩ いしかわけん 石川県

⑪ ふくいけん 福井県

⑫ ぎふけん 岐阜県

⑬ ながのけん 長野県

⑭ やまなしけん 山梨県

⑮ あいちけん 愛知県

⑯ しずおかけん 静岡県

⑰ ちばけん 千葉県

⑱ かながわけん 神奈川県

⑲ とうきょうと 東京都

⑳ さいたまけん 埼玉県

㉑ とちぎけん 栃木県

㉒ ぐんまけん 群馬県

㉓ いばらきけん 茨城県

㉔ おおさかふ 大阪府

㉕ きょうとふ 京都府

㉖ ならけん 奈良県

㉗ ひょうごけん 兵庫県

㉘ しがけん 滋賀県

㉙ みえけん 三重県

㉚ わかやまけん 和歌山県

㉛ ひろしまけん 広島県

㉜ おかやまけん 岡山県

㉝ しまねけん 島根県

㉞ とっとりけん 鳥取県

㉟ やまぐちけん 山口県

㊱ とくしまけん 徳島県

㊲ えひめけん 愛媛県

㊳ かがわけん 香川県

㊴ こうちけん 高知県

㊵ ふくおかけん 福岡県

㊶ さがけん 佐賀県

㊷ おおいたけん 大分県

㊸ ながさきけん 長崎県

㊹ くまもとけん 熊本県

㊺ みやざきけん 宮崎県

㊻ かごしまけん 鹿児島県

㊼ おきなわけん 沖縄県

① とうきょう
東京
東京

② おおさか
大阪
大阪

③ さっぽろ
札幌
札幌

④ きょうと
京都
京都

⑤ ひろしま
広島
廣島

⑥ せんだい
仙台
仙台

⑦ よこはま
横浜
横濱

⑧ なごや
名古屋
名古屋

⑨ こうべ
神戸
神戸

⑩ ふくおか
福岡
福岡

⑪ きたきゅうしゅう
北九州
北九州

⑫ なは
那覇
那覇

東京 ▶▶▶

13

ぎん ざ
銀座

銀座

14

ろっぽん ぎ
六本木

六本木

15

しながわ
品川

品川

16

あき は ばら
秋葉原

秋葉原

17

うえ の
上野

上野

18

だい ば
お台場

台場

19

おもてさんどう
表参道

表参道

20

しんじゅく
新宿

新宿

21

つき じ
築地

築地

22

しぶ や
渋谷

澁谷

23

はらじゅく
原宿

原宿

24

よ よ ぎ
代々木

代代木

25

いけぶくろ
池袋

池袋

26

あさくさ
浅草

淺草

27

あおやま
青山

青山

---

2 時間與數字

月份 ▶▶▶

①

いちがつ
1月

一月

②

に がつ
2月

二月

③

さんがつ
3月

三月

④

し がつ
4月

四月

⑤

ご がつ
5月

五月

⑥

ろくがつ
6月

六月

⑦

しちがつ
7月

七月

⑧

はちがつ
8月

八月

⑨

く がつ
9月

九月

⑩

じゅう がつ
10月

十月

⑪

じゅういち がつ
11月

十一月

⑫

じゅうに がつ
12月

十二月

季節、星期 ▶▶▶

1

はる
春
春

2

なつ
夏
夏

3

あき
秋
秋

4

ふゆ
冬
冬

5

にちよう び
日曜日
星期日

6

げつよう び
月曜日
星期一

7

か よう び
火曜日
星期二

8

すいよう び
水曜日
星期三

9

もくよう び
木曜日
星期四

10

きんよう び
金曜日
星期五

11

ど よう び
土曜日
星期六

時 ▶▶▶

---

①

いちじ
1時

一點

---

②

にじ
2時

二點

---

③

さんじ
3時

三點

---

④

よじ
4時

四點

---

⑤

ごじ
5時

五點

---

⑥

ろくじ
6時

六點

---

⑦

しちじ
7時

七點

---

⑧

はちじ
8時

八點

---

⑨

くじ
9時

九點

---

⑩

じゅうじ
10時

十點

---

⑪

じゅういちじ
11時

十一點

---

⑫

じゅうにじ
12時

十二點

---

⑬

じはん
〜時半

〜點半

---

⑭

じかん
〜時間

〜小時

---

⑮

なんじ
何時

幾點

分 ▶▶▶

①

いっぷん
1分
一分

②

に ふん
2分
二分

③

さんぷん
3分
三分

④

よんぷん
4分
四分

⑤

ご ふん
5分
五分

⑥

ろっぷん
6分
六分

⑦

ななふん
7分
七分

⑧

はっぷん
8分
八分

⑨

きゅうふん
9分
九分

⑩

じっ ぷん　じゅっ ぷん
10分／10分
十分

⑪

じゅういっ ぷん
11分
十一分

⑫

にじっぷん　にじゅっぷん
20分／20分
二十分

⑬

にじゅうご ふん
25分
二十五分

⑭

さんじっぷん　さんじゅっぷん
30分／30分
三十分

⑮

なんぷん
何分
幾分

①
ゼロ　れい
0・0
零

②
いち
1
一

③
に
2
二

④
さん
3
三

⑤
よん　し
4・4
四

⑥
ご
5
五

⑦
ろく
6
六

⑧
なな　しち
7・7
七

⑨
はち
8
八

⑩
きゅう　く
9・9
九

⑪
じゅう
10
十

⑫
にじゅう
20
二十

⑬
さんじゅう
30
三十

⑭
よんじゅう
40
四十

15

ごじゅう
50
五十

16

ろくじゅう
60
六十

17

ななじゅう
70
七十

18

はちじゅう
80
八十

19

きゅうじゅう
90
九十

20

ひゃく
100
一百

21

にひゃく
200
二百

22

さんびゃく
300
三百

23

よんひゃく
400
四百

24

ろっぴゃく
600
六百

25

はっぴゃく
800
八百

26

せん
千
千

27

まん
万
萬

3 家庭樹與身體

家庭樹 ▶▶▶

①
わたし
我

②
ぼく
我（男性對平輩或晚輩的自稱）

③
<ruby>夫<rt>おっと</rt></ruby>
先生、丈夫

④
<ruby>妻<rt>つま</rt></ruby>
妻子、太太

⑤
<ruby>兄<rt>あに</rt></ruby>
哥哥

⑥
お<ruby>兄<rt>にい</rt></ruby>さん
尊稱自己或他人的哥哥

⑦
<ruby>姉<rt>あね</rt></ruby>
姊姊

⑧
お<ruby>姉<rt>ねえ</rt></ruby>さん
尊稱自己或他人的姊姊

⑨
<ruby>弟<rt>おとうと</rt></ruby>
弟弟

⑩
<ruby>妹<rt>いもうと</rt></ruby>
妹妹

⑪
いとこ
堂、表兄弟姊妹

⑫
<ruby>息子<rt>むすこ</rt></ruby>
兒子

⑬
<ruby>娘<rt>むすめ</rt></ruby>
女兒

⑭ まご **孫** 孫子	⑮ そ ふ **祖父** （外）祖父	⑯ じい **お爺さん** 尊稱自己或他人的 （外）祖父，老公公
	⑰ そ ぼ **祖母** （外）祖父	⑱ ばあ **お婆さん** 尊稱自己或他人的 （外）祖母，老婆婆
⑲ りょうしん **両親** 雙親	⑳ ちち **父** 爸爸	㉑ とお **お父さん** 尊稱自己或他人的父親
㉒ はは **母** 媽媽	㉓ かあ **お母さん** 尊稱自己或他人的母親	㉔ しゅうと **舅** 公公
㉕ しゅうとめ **姑** 孫子	㉖ **おじ** 伯伯、叔叔、舅舅、 姑丈、姨丈	㉗ **おば** 伯母、嬸嬸、舅媽、姑 姑、阿姨

175

①

あたま
頭

頭

②

かみ かみ け
髪 / 髪の毛

頭髮

③

まゆ げ
眉毛

眉毛

④

め
目

眼睛

⑤

した
舌 / べろ

舌頭

⑥

ほお
頰 / ほっぺた

臉頰

⑦

えくぼ

酒窩

⑧

はな

鼻子

⑨

くち
口

嘴巴

⑩

みみ
耳

耳朵

⑪

は
歯

牙齒

⑫

くちびる
唇

嘴唇

⑬	⑭	⑮
くび **首** 脖子	かた **肩** 肩膀	て **手** 手

⑯	⑰	⑱
て ひら **手の平** 手掌	ゆび **指** 手指	つめ **爪** 指甲

⑲	⑳	㉑
おなか 肚子	むね **胸** 胸	せ なか **背中** 背

㉒	㉓	㉔
こし **腰** 腰	しり **お尻** 屁股	ふと **太もも** 大腿

㉕	㉖	㉗
ふくらはぎ 小腿	ひざ **膝** 膝蓋	あし うら **足の裏** 腳掌

職業 ▶▶▶

① せんせい 先生
（尊稱）醫生、律師、老師

② べんごし 弁護士
律師

③ かいけいし 会計士
會計師

④ きょうし 教師
教師

⑤ がくせい 学生
學生

⑥ きしゃ 記者
記者

⑦ サラリーマン
上班族

⑧ いしゃ 医者
醫生

⑨ かんごし 看護師
護士

⑩ しかい 司会
主持人、司儀

⑪ はいゆう 俳優
演員

⑫ じょゆう 女優
女演員

顔色 ▶▶▶

①	**②**	**③**
あか 赤	オレンジ	き いろ 黄色
紅色	橘色	黃色
④	**⑤**	**⑥**
みどり 緑	あお 青	こんいろ 紺色
綠色	藍色	靛色
⑦	**⑧**	**⑨**
むらさき 紫	ピンク	きんいろ 金色
紫色	粉紅色	金色
⑩	**⑪**	**⑫**
ぎんいろ 銀色	しろ 白	くろ 黒
銀色	白色	黑色
⑬	**⑭**	**⑮**
はいいろ 灰色	こ いろ 濃い色	うす いろ 薄い色
灰色	深色的	淺色的

①
がっこう
学校
學校

②
としょかん
図書館
圖書館

③
びょういん
病院
醫院

④
くすりや
薬屋
藥房

くすりや

⑤
レストラン
餐廳

⑥
ぎんこう
銀行
銀行

⑦
ゆうびんきょく
郵便局
郵局

⑧
えき
駅
車站

⑨
こうばん
交番
派出所

⑩
くうこう
空港
機場

⑪
みなと
港
港口

⑫
ほんや
本屋
書店

13
きょうかい
教会
教會

14
びじゅつかん
美術館
美術館

15
はくぶつかん
博物館
博物館

16
コンビニ
便利商店

17
スーパー
超級市場

18
や
パン屋
麵包店

19
えいがかん
映画館
電影院

20
びよういん
美容院
美容院

21
デパート
百貨公司

22
ゆうえんち
遊園地
遊樂園

23
ジム
健身房

24
かいしゃ
会社
公司

25
こうえん
公園
公園

26
はなや
花屋
花店

27
や
クリーニング屋
洗衣店

①

コート

大衣

②

ジャケット

夾克

③

背広
せ びろ

男士西裝

④

ズボン

褲子

⑤

シャツ

襯衫

⑥

ワンピース

連身裙

⑦

スーツ

套裝

⑧

スカート

裙子

⑨

セーター

毛衣

⑩

Ｔシャツ

Ｔ恤

⑪

毛皮
け がわ

皮衣

⑫

ネクタイ

領帶

⑬	⑭	⑮
ぼうし **帽子** 帽子	め がね **眼鏡** 眼鏡	**サングラス** 太陽眼鏡

⑯	⑰	⑱
マフラー 圍巾	**イアリング** 夾式耳環	**ピアス** 穿式耳環

⑲	⑳	㉑
タイピン 領帶夾	て ぶくろ **手袋** 手套	**ハンカチ** 手帕

㉒	㉓	㉔
ネックレス 項鍊	うで わ **腕輪** 手鐲	**ブレスレット** 手鍊

㉕	㉖	㉗
ブローチ 胸針	ゆび わ **指輪** 戒指	**ベルト** 腰帶

5 翻譯寫寫看　解答

第八課（だいはっか）▶▶▶

① 父（ちち）は　公務員（こうむいん）では　ありません。

② あなたは　大学生（だいがくせい）では　ありませんか。

③ 彼（かれ）は　私（わたし）の　同僚（どうりょう）です。

④ 彼女（かのじょ）も　私（わたし）の　友達（ともだち）です。

第九課（だいきゅうか）▶▶▶

① この　時計（とけい）は　誰（だれ）のですか。

② これは　私（わたし）の　眼鏡（めがね）では　ありません。

③ それは　同僚（どうりょう）の　携帯（けいたい）ですか。

④ 友達（ともだち）の　本（ほん）は　これですか。

⑤ それも　彼女（かのじょ）の　雑誌（ざっし）ですか。

⑥ 私（わたし）の　財布（さいふ）は　これでは　ありません。

第十課 ▶▶▶

① あなたの 学校は どこですか。

② トイレは ここでは ありません。

③ この 近くに スーパーは ありませんが、コンビニは あります。

④ 友達の 事務所は ここでは ありません。

⑤ そこは 誰の 部屋ですか。

第十一課 ▶▶▶

① この 時計は 高いですから、買いたくないです。

② 授業は 朝から 午後までです。

③ ここから 駅まで ちょっと 遠いですから、バスで 行きましょう。

④ 家から 空港まで バスで 2時間ぐらいです。

⑤ 明日の 午後 一緒に デパートへ 行きましょう。

第十二課 ▶▶▶

① 今 誰が 事務所に いますか。

② 母は 今 部屋に いません。

③ 眼鏡は あそこの 机の 上に あります。

④ 彼の 携帯は ここに ありません。

第十三課 ▶▶▶

① 私の　部屋は　大きくないです。

② 家から　会社まで　あまり　遠くないです。

③ ここから　空港まで　ちょっと　遠いです。

④ 彼氏は　背が　高くないですが、いい　人です。

⑤ この　本は　新しくないですが、とても　面白いです。

第十四課 ▶▶▶

① 彼女は　綺麗では　ありませんが、とても　親切です。

② 日本語は　とても　好きですが、上手では　ありません。

③ この　会社は　あまり　有名では　ありません。

④ どんな　日本の　ドラマが　好きですか。

第十五課 ▶▶▶

① この店は高くてまずいです。

② 東京は人が多くて賑やかです。

③ あの店員はきれいで　親切です。

④ 夜は散歩したり、買い物したりします。

⑤ 土曜日は彼氏と食事したり、映画を見たりします。

第十六課 ▶▶▶
<small>だいじゅうろっか</small>

① 今何も食べたくないです。

② 私はデパートで新しい財布が買いたいです。

③ どんな鞄が買いたいですか。

④ こんな携帯はどこで買いますか。

⑤ 私はこの映画が見たくないです。

第十七課 ▶▶▶
<small>だいじゅうななか</small>

① 私は毎日自転車で学校へ行きます。

② 夏休みは両親と一緒に旅行に行きたいです。

③ 午後友達と一緒にバスでデパートへ映画を見に行きます。

④ 来週同僚と一緒に日本へ出張に行きます。

⑤ 今朝彼女と一緒に図書館へ勉強に行きました。

第十八課 ▶▶▶
<small>だいじゅうはっか</small>

① この薬は毎日飲まなければなりません。

② この携帯は高いから、買わないでください。

③ 明日試験があるから、今夜また徹夜しなきゃ。

④ 午後この傘を先生に返さなければならない。

⑤ まだ時間があるから、急がなくてもいい。

① 昨夜、デパートで財布を盗まれました。

② 私は先生に日本語が上手だと思われています。

③ 夏休みに日本へ旅行に行くつもりです。

④ 昨日また父に叱られました。

⑤ 彼女はまた騙されて、かわいそうです。

⑥ あの店はまずいし、高いし、うるさいです。

① あの有名なレストランへ行ってみたいとずっと思っている。

② 日本で着物を着てみたいです。

③ この服はよさそうですね、触ってみてもいいですか。

④ 夏休みは、同僚と一緒に日本へ旅行に行きたいです。

⑤ 私には高すぎます。もっと安いのはありますか。

⑥ 昨夜飲みすぎたから、朝起きられなかったの。

① 父の日に父にネクタイをあげたいです。

② 携帯を買ってくれませんか。

③ この鞄は彼氏にもらいました。

④ 私の傘は友達に貸してあげました。

⑤ 日本へ行ったことがないので、行ってみたいです。

第二十二課 ▶▶▶

① この病院には行かない方がいいです。

② 日本製のほうが高いです。

③ 日本語を勉強したほうが面白いです。

④ お酒を飲むなら、運転しないで。

⑤ 今日は早めに帰ってもいいですか。

第二十三課 ▶▶▶

① 昨日デパートで買った服はちょっと大きいです。

② 今、持っている携帯は彼氏からもらったものです。

③ 最近忙しいので、買物に行く時間がありません。

④ 午後、ついでに傘を持って来て下さい。

⑤ この新しい眼鏡はデパートで買いました。

第二十四課 ▶▶▶

① この近くに新しいレストランがあるので、食べに行ってみたいです。

② 明日のお父さんの誕生日を忘れるな。

③ もう子供じゃないんだから、泣くな。

④ 明日試験があるから、寝坊するな。

⑤ 今朝渋滞で授業に遅れました。

① 授業が終わったら、一緒に食事に行かない？

② お酒を飲んだら、運転しないでください。

③ 夏休みだったら、旅行に行けます。

④ この時計はとても高いから、買えないよ。

⑤ 眠かったら、コーヒーでもどうかな？

① 6時なら、起きられませんよ。

② この車はとても古いですから、修理できません。

③ 何か買いたい物はありますか。

④ 日曜日なら、何時でもいいです。

⑤ 簡単な日本語なら、勿論話せますよ。

① 安ければ安いほどいいです。

② このコーヒーは飲めば飲むほどおいしいです。

③ お金があれば、車を買いたいです。

④ このレストランはどうやって予約するんですか。

⑤ 今朝は朝ご飯を食べないで会社へ行きました。

第二十八課 ▶▶▶

① 夏休みに日本へ旅行に行こうと思っています。

② 来週新しい携帯を買おうと思っています。

③ ちょっと休もう！

④ 彼氏と一緒にこの映画を見ようと思っています。

⑤ 大学に入ったら、日本語を勉強しようと思っています。

第二十九課 ▶▶▶

① この店は美味しいそうです。

② 日本は今とても寒いそうです。

③ 彼女は英語が嫌いだそうです。

④ 彼は日本へ留学に行ったそうです。

⑤ あの人は日本人には見えないです。

第三十課 ▶▶▶

① この鞄は高そうですね。

② この服はよさそうですから、着てみたいです。

③ 早く帰って。

④ 時間がないので、午後デパートへ行かないことにした。

⑤ 今朝買った魚を刺身にする。

國家圖書館出版品預行編目資料

史上最強大好學初級日語 / 陳怡如著
-- 初版 -- 臺北市：瑞蘭國際, 2020.09
192 面；19 × 26 公分 --（日語學習系列；54）
ISBN：978-957-9138-95-6（平裝）
1. 日語 2. 讀本
803.18   109013110

日語學習系列 54

史上最強大好學初級日語

作者｜陳怡如
審訂｜佐藤健、林祥如
責任編輯｜葉仲芸、王愿琦
校對｜陳怡如、葉仲芸、王愿琦

日語錄音｜こんどうともこ、鈴木健郎、後藤晃
錄音室｜純粹錄音後製有限公司、采漾錄音製作有限公司
封面設計｜劉麗雪、陳如琪 ・ 版型設計｜劉麗雪、余佳憓、邱亭瑜
內文排版｜林士偉、邱亭瑜 ・ 美術插畫｜Syuan Ho

瑞蘭國際出版
董事長｜張暖彗 ・ 社長兼總編輯｜王愿琦
編輯部
副總編輯｜葉仲芸 ・ 主編｜潘治婷
設計部主任｜陳如琪
業務部
經理｜楊米琪 ・ 主任｜林湲洵 ・ 組長｜張毓庭

出版社｜瑞蘭國際有限公司 ・ 地址｜台北市大安區安和路一段 104 號 7 樓之一
電話｜ (02)2700-4625 ・ 傳真｜ (02)2700-4622 ・ 訂購專線｜ (02)2700-4625
劃撥帳號｜ 19914152 瑞蘭國際有限公司
瑞蘭國際網路書城｜ www.genki-japan.com.tw

法律顧問｜海灣國際法律事務所   呂錦峯律師

總經銷｜聯合發行股份有限公司 ・ 電話｜ (02)2917-8022、2917-8042
傳真｜ (02)2915-6275、2915-7212 ・ 印刷｜科億印刷股份有限公司
出版日期｜ 2020 年 09 月初版 1 刷 ・ 定價｜ 380 元 ・ ISBN｜ 978-957-9138-95-6
            2022 年 08 月初版 2 刷